novum pro

AF162490

Gabriele Aichberger & Peter Kurzmann

Er nannte sie Kuschelraupe

novum pro

www.novumverlag.com

Bibliografische Information
der Deutschen Nationalbibliothek:

Die Deutsche Nationalbibliothek
verzeichnet diese Publikation in
der Deutschen Nationalbibliografie.
Detaillierte bibliografische Daten
sind im Internet über
http://www.d-nb.de abrufbar.

Alle Rechte der Verbreitung,
auch durch Film, Funk und Fernsehen,
fotomechanische Wiedergabe,
Tonträger, elektronische Datenträger
und auszugsweisen Nachdruck,
sind vorbehalten.

© 2016 novum Verlag

ISBN 978-3-99048-466-1
Lektorat: Katja Kulin
Umschlagfoto:
Izuboky | Dreamstime.com
Umschlaggestaltung, Layout & Satz:
novum Verlag
Innenabbildungen:
Gabriele Aichberger &
Peter Kurzmann (11)
Autorenfotos:
Fotostudio Schindlecker, Wilhelmsburg

Gedruckt in der Europäischen Union
auf umweltfreundlichem, chlor- und
säurefrei gebleichtem Papier.

www.novumverlag.com

Inhaltsverzeichnis

Prolog 7

Erster Teil
Januar 2015 – Corinna 11

Zweiter Teil
2010–2014 – Hanna 17

Dritter Teil
2010–2014 – Corinna 37

Vierter Teil
2015 – Corinna 75

Fünfter Teil
2015 – Hanna 81

Danksagung 93

Prolog

Als meine Schwester vor 40 Jahren ihre Abschlussaufführung an der Schule hatte, saß ich als ihr größter Fan in der ersten Reihe. Sie spielte das personifizierte Glück. Das hat mich damals so beeindruckt, dass ich mich noch immer gerne an diesen Auftritt erinnere:

Nun habt ihr lange Jahrzehnte gelebt. Habt all die Zeit nur nach mir gestrebt. Habt oft mich besessen und oft mich vermisst, mit Gewalt mich gehalten und manchmal mit List. Habt sicher mich dann zu besitzen geglaubt, doch plötzlich, da war ich euch wieder geraubt, denn wisset, das Glück ist ein täuschender Gast bei dem, der mit hastigen Händen es fasst. Und wer mich nur sucht im Glanz der Welt, der hält mich nicht lange, denn der Glanz zerfällt. Drum sucht mich nicht außen, in euch bin ich nur, in eurem Herzen, da sucht meine Spur. Ich gebe euch Jugend und Aufbruch zurück, nun sucht mich mit Recht, sucht das wahrhaftige Glück.

Ramona Doschinsky in der Rolle als personifiziertes Glück
(Abschlusstheater Juni 1972)

Den Titel des Originalstücks weiß meine Schwester nicht mehr. Diese paar Zeilen haben damals wie heute nichts an Gültigkeit verloren. Die Menschen sind ständig auf der Suche nach Glück, und wenn sie es einmal in ihren Händen halten, gehen sie oftmals sehr leichtfertig damit um.
Das Glück liegt im Erschaffen des eigenen Lebens, in der Reise zum wahren Ich. (Sergio Bambaren)

Gabriele Aichberger

Sind Sie glücklich? Haben Sie die wahre Liebe gefunden? Genießen Sie ein unbeschwertes Leben, frei von Selbstzweifeln und psychischer Überbelastung? Dann dürfen Sie sich zu Recht als „glücklich" bezeichnen. Aber wer von uns kann schon sagen, dass er alle diese Fragen mit Ja beantworten kann? Nun, um alle diese Fragen wirklich beantworten zu können, bedarf es einer gewissen Lebenserfahrung und eines Rückblickes auf die vergangenen Zeiten. Lassen Sie mich, der nun auch schon eine gewisse Zahl an Jahren auf der Lebensuhr aufzuweisen hat, diese Fragen aus meiner Sicht beantworten:

Ich persönlich war in meiner Kindheit der Inbegriff des Glücks. Meine Mama sagte immer „Sonnenschein" zu mir und nichts und niemand konnte meinem Lachen entgehen. Damals begriff ich das selbstverständlich noch nicht, aber rückblickend betrachtet, war ich damals wirklich glücklich und durfte ein unbeschwertes Leben führen. Auch die Schulzeit war weitestgehend unbeschwert, jedoch waren die Glücksmomente schon um einiges seltener vertreten. Und während der universitären Ausbildung gab es Momente, wo das Glück in so weiter Ferne zu sein schien.

Durch meine Lebenserfahrung traue ich mich zu behaupten, dass Glück untrennbar mit einem unbeschwerten Leben verbunden ist, und in glücklichen Phasen stehen die Selbstzweifel hinten an und auch die psychische Belastung wird geduldig ertragen beziehungsweise eventuell gar nicht als so störend empfunden.

Alles scheint reibungslos zu funktionieren und nichts kann einen aus der Bahn werfen. Und wenn einem in solchen Phasen dann auch noch ein Mensch, *der* Mensch, den man wirklich liebt, an der Seite steht, könnte man platzen vor Energie. Fehlt dieser *eine* besondere Mensch allerdings oder wird er aus unserer Mitte gerissen, gerät man unweigerlich wieder in Selbstzweifel und der Glückspegel sinkt.

Man weiß selten, was Glück ist, aber man weiß meistens, was Glück war. (Francoise Sagan)

Peter Kurzmann

Peter voll Freude und Energie (September 1985)

Erster Teil

Januar 2015
Corinna

Erbarmungslos klingelte das Handy. Sie zog die Bettdecke über ihr Gesicht. Sie wollte jetzt nicht telefonieren. Sie wollte in Ruhe gelassen werden. Am Klingelton erkannte sie, dass es ihre Mutter war. Sie quälte sich aus dem Bett. Das Läuten war vorüber. Aber wie lange? Ihre Mutter konnte hartnäckig sein, nein, besser gesagt fordernd. Seit sie aus Amerika zurückgekehrt war, hatte ihre Mutter das Bedürfnis, sie ständig anzurufen und zu fragen, ob alles in Ordnung sei. Natürlich war alles und nichts in Ordnung. Sie hatte bei ihrem Auslandsaufenthalt die große Liebe kennengelernt (glaubte sie jedenfalls). Die große Liebe! Gab es sie überhaupt? Waren dies alles nur leere Worte?

Erneut klingelte es. Sie wusste, sie konnte ihrer Mutter nicht entkommen. Sie hob ab. „Guten Morgen Schatz, ich hoffe, ich habe dich nicht geweckt. Aber es ist sehr wichtig. Ich brauche deine Hilfe. Nächste Woche kommt die Behörde zu mir ins Haus. Sie wollen eine Feuerbeschau durchführen, daher gehört der Dachboden von allen brennbaren Materialien gesäubert. Du weißt ja, was sich dort oben alles angesammelt hat. Alleine schaffe ich das nicht. Du wirst mir doch sicher helfen?" Jetzt würde gleich der berühmte Nachsatz kommen. Und da war er auch schon. „Schließlich hast du ja genügend Zeit!" Sie zögerte ein wenig: „Natürlich helfe ich dir, Mutter. Ich komme vormittags vorbei." Sie legte rasch auf, wollte keine weiteren Anordnungen, Vorschläge oder Vorwürfe hören und schleppte sich ins Bad. Aus dem Spiegel sah ihr ein hübsches, herzförmiges, mit Sommersprossen übersätes Gesicht entgegen. Aber über ihre sonst so lustigen grünen Augen hatte das Leben einen Schleier der Traurigkeit gelegt. Sie rieb sich wütend ihre blassen Wangen, zog mit den Fingern ihre Mundwinkel nach oben. Es half nichts. Das traurige Spiegelbild blieb. Mit hängenden Schultern kehrte sie ins Wohnzimmer zurück und ließ sich auf dem kleinen schäbigen Sofa, an dem sie so hing, nieder. Wie so oft am Tag begann sie zu träumen. Vor ihren Augen lief die kurze, aber intensive Beziehung mit ihrer „großen Liebe" ab. Wie konnte sie nur so dumm sein? Offensichtlich machte Liebe wirklich blind. Sie hatte ihm jedes Wort geglaubt. Heute wusste sie, dass alles nur leere Phrasen gewesen waren. Die wahre Liebe schien es nicht zu geben.

„Hallo Mutter, da bin ich." „Wieso kommst du so spät? Ich dachte …" Sie unterbrach ihren Redeschwall. „Wenn es dir nicht passt, kann ich auch wieder gehen." „Mein Gott, Corinna, du bist so empfindlich geworden, seit du zurückgekommen bist. Das eine Jahr im Ausland hat dich irgendwie verändert. Du wirkst so lustlos. Was ist eigentlich in Amerika geschehen? Du kannst mir alles erzählen. Ich bin doch deine Mutter." „Es ist alles in Ordnung, Mama. Ich muss erst wieder richtig landen. Ich werde jetzt gleich auf den Dachboden gehen und mir einen Überblick verschaffen." Hastig rannte sie nach oben, schnappte sich den Haken und zog die Dachbodentreppe nach unten. Sie wollte sich auf keine weiteren Diskussionen einlassen. „Soll ich mit hinaufkommen?" „Nein, ist nicht nötig, wenn ich dich brauche, rufe ich dich." Sie schloss die Luke, hörte nur noch wie aus weiter Ferne das Gemurmel ihrer Mutter.

Der Dachboden war voll mit unzähligen Kisten, Möbeln, Krimskrams. Wo sollte sie da bloß anfangen? Sie schlenderte durch das Chaos und begann mit der Suche nach Brennbarem. Sie brauchte einen Plan. Aber den hatte sie seit ihrer Rückkehr in keiner Situation. Corinna begann, in die verstaubten Schachteln hineinzusehen. Da waren jede Menge alte Zeitschriften, Schulsachen und Bücher. Sie schmunzelte, als sie ihre alten Hefte entdeckte. Das waren schöne Zeiten gewesen. Was sollte das? Wieso dachte sie an die „alten schönen Zeiten"? Sie war gerade mal 24 Jahre, hatte das Leben noch vor sich. Solche Gedanken hatten ältere Generationen, oder nicht? Während sie darüber nachdachte, ob man so etwas denken durfte, fiel ihr Blick auf einen Schuhkarton, der regelrecht zwischen einem alten Hocker und einer morschen Kredenz eingezwängt worden war, auf eine Art, die Corinna sagte, dass dieser Karton nicht gefunden werden sollte. Neugierig kämpfte sie sich bis zur Kommode vor. Nur mit größter Mühe schaffte sie es, die kleine Schachtel hervorzuziehen. „Au, verdammt!" Sie hatte sich an einem rostigen Nagel verletzt und blutete. Die Schachtel entglitt ihr und der Inhalt verteilte sich auf den verstaubten Brettern. Ihr Blick fiel auf Fotos, sehr innige Fotos, persönliche Fotos. Sie hob sie auf und sah sie sich an. Zwei Menschen, die sich innig umarmten und küssten. Jedes Bild drückte tiefe Zuneigung aus, Glück und Freude. Behutsam, fast ehrfürchtig durchforschte sie den weiteren Inhalt und fand einen Brief. Sie zögerte. Hatte sie das Recht, einen fremden Brief zu lesen? Wenn sie es tat, war sie nicht besser als ihre Mutter, die früher ständig alles zensurierte. War das der Grund gewesen, warum Papa sie verlassen hatte? Das Verlangen, den Brief zu lesen, siegte über ihr schlechtes Gewissen. Zögernd öffnete sie ihn:

Mein geliebter Kuschelbär!
Wenn du diese Zeilen liest, werden wir uns für unbestimmte Zeit getrennt haben, vielleicht sind es nur ein paar Tage, vielleicht Wochen, Monate oder Jahre. Aber ich spüre es tief in meinem Herzen: Eines Tages werden wir zusammen sein, für immer, und nichts und niemand kann uns dann mehr trennen …

Corinnas Augen füllten sich mit Tränen. Bereits die ersten paar Zeilen hatten ihr Herz zutiefst berührt. Gab es sie doch, die wahre Liebe? Corinna fühlte, dass die beiden auf den Fotos dieses Gefühl gekannt haben mussten. Nein, wenn es so gewesen ist, dann lieben sich die zwei noch immer, dachte sie. Leben vielleicht glücklich und harmonisch zusammen. Aber wer waren diese Frau und dieser Mann? Corinna grübelte nach, konnte sie aber nicht zuordnen. Sie las den Brief nicht zu Ende, faltete ihn sorgfältig zusammen, legte alles in die Schachtel zurück und beschloss, ihre Mutter zu fragen, wem diese gehörte.

„Du bist schon wieder fertig?", schallten Corinna die Worte vorwurfsvoll entgegen. „Nein Mama, ich habe mich bloß einmal zu orientieren versucht und dabei bin ich auf diesen Karton mit Bildern und Briefen gestoßen." Sie hob den Deckel ab und hielt ihr ein Foto hin. Kennst du die beiden? Die Mutter betrachtete das Bild nur kurz. „Er hat für ein paar Monate bei mir gewohnt, während du in Amerika warst. Wir haben uns auf der Arbeit kennengelernt. Ich war nach der Trennung von deinem Vater sehr einsam und er war es auch, obwohl er damals noch in einer Art Fernbeziehung lebte. Es dauerte nicht lange, und er zog mehr oder weniger bei mir ein. Wir verstanden uns sehr gut, redeten viel über unseren Beruf. Es herrschte eine sehr angenehme Atmosphäre zwischen uns. Aber die ganze Zeit spürte ich, dass er nicht wirklich voll und ganz bei mir war, dass sein Herz bei der anderen Frau war. Schließlich bat ich ihn um die Trennung. Ich wollte nicht im Schatten einer anderen leben. Er akzeptierte es sofort, war natürlich traurig, denn wir hatten schon einigermaßen zusammengefunden." „Wie heißt der Mann?" „Gabriel, Gabriel Präuber." „Warst du in ihn verliebt?" „Liebe, was ist schon Liebe? Nur ein Gefühl, das bald verfliegt. Dann zählen andere Dinge." „Nein Mama, wenn man wirklich von Anfang an liebt, dann wächst diese Liebe stetig, sie hört niemals auf zu wachsen. Alles andere hat mit Liebe nichts zu tun, dient nur rein dem Zweck, einfach nicht alleine zu sein. Hat er dir von der Frau auf dem Bild erzählt?" „Nein, nicht viel, er wollte das nicht, für ihn war die Beziehung zu dieser Frau etwas Besonderes, beinahe heilig, das konnte ich deutlich spüren, deshalb bohrte ich auch nicht nach. Manchmal ist es besser, nicht alles zu wissen, weil Wissen oftmals zerstörend wirken kann. Aber einmal hat er sich versprochen, ich glaube, er nannte sie *Kuschelraupe*."

Die Mutter wollte sich auch die anderen Fotos anschauen, aber Corinna gab sie ihr nicht. Auch die Briefe verheimlichte sie ihrer Mutter. Irgendetwas hatte dieser Fund bei ihr ausgelöst. Sie fühlte sich plötzlich wieder so richtig lebendig. Seit Wochen war dies nicht mehr der Fall gewesen. Sie beschloss, den Mann ausfindig zu machen. Die Schachtel enthielt Zeugnisse einer wahrhaft großen Verbundenheit. Er und nur er sollte wieder in den Besitz der Fotos und Briefe kommen. Ein anderer Grund war: Sie wollte die beiden unbedingt kennenlernen, Menschen, die in tiefster Zuneigung zueinander standen. Corinna wusste nun, es gab sie, es gab sie, die große Liebe. Irgendwo.

Zweiter Teil

2010–2014
Hanna

Hanna saß einfach nur da, ihre langen braunen Haare achtlos zu einem Knoten zusammengefasst. Ihre dunklen Augen, die sonst so neugierig in die Welt blickten, hielt sie geschlossen. Sie konnte sich nicht konzentrieren. Vor ihr lag die aufgeschlagene Projektmappe, bereit zur Ausarbeitung. In der rechten Hand hielt sie einen Stift, in der linken ein Geodreieck. Verzweifelt versuchte sie, ihre Aufmerksamkeit auf die Arbeit zu richten, ihre Gedanken zu sammeln. Unmöglich. Was war nur los mit ihr? In den letzten Monaten passierte das immer wieder. Dieses Gefühl der Traurigkeit, Motivationslosigkeit. Warum nur? Sie hatte doch allen Grund, glücklich zu sein: einen Ehemann, der sie über alles liebte, drei wunderbare Kinder, ein schönes Heim, einen Beruf, der ihr Spaß machte, keine finanziellen Sorgen, Freundinnen, auf die sie sich verlassen konnte. Steckte sie mit 45 Jahren in einer Art Lebenskrise? Lag es daran, dass die Kinder erwachsen waren und ihr Mann sich oft monatelang beruflich im Ausland aufhielt? Die große Liebe zu ihrem Mann: War sie über die Jahre zwischen Arbeit und Schaffen von materieller Sicherheit auf der Strecke geblieben? Wo war sie hingekommen, die Liebe? Ging es anderen ebenso? Ist das normal nach so vielen Ehejahren? Wie auch immer. Hanna hörte in sich hinein. Sie empfand nur Leere. Ein furchtbares Gefühl. Sie wurde geliebt und gebraucht. Also, wo lag das Problem? Ihre Schwester hatte gemeint, sie sei nach außen hin ein Verstandesmensch, habe immer alles im Griff, immer einen Plan. Die Realität sehe anders aus. Sie verberge etwas, sei immer auf der Flucht. Hatte ihre Schwester recht? Der Kontakt zu ihr war in den letzten Jahren sehr oberflächlich gewesen. Zu sehr war Hanna mit ihrem Leben beschäftigt. Sie wollte die perfekte Ehefrau, Mutter, Sozialpädagogin sein. Wenn sie andere glücklich machte, war sie auch glücklich (dachte sie zumindest). Sie bemerkte gar nicht, wie fremdbestimmt ihr Leben geworden war. Sie hatte keine Zeit, auf ihre Gefühle zu achten.

Und nun? Nun war der Zeitpunkt gekommen, wo sie schmerzlich erkennen musste, dass es so nicht weitergehen konnte. Körperliche Beschwerden machten sich bemerkbar. Hinzu kam dieser ständige Druck im Herzen. Die Seele hatte einen kleinen Riss bekommen, der sehr langsam, aber stetig blutete. Hanna war nicht alleine, aber trotzdem sehr einsam. Was sollte sie tun? Den Rat ihrer Schwester befolgen und sich einen virtuellen Freund suchen, der in einer ähnlichen Lage war wie sie? Menschen, die sich genauso fühlten, die nicht alleine lebten, dennoch einsam waren? War das nicht gefährlich? Man hörte und las so vieles über die Gefahren des Internets. Noch dazu war das ein Medium, das sie nur mit Widerwillen benutzte und wenn, dann nur beruflich. Hanna war der Typ, der gerne in Bibliotheken seine Freizeit verbrachte, in Büchern herumstöberte und dort recherchierte. Sie starrte auf die Mappe, schlug sie zu, eilte ins Büro, fuhr den Computer hoch und tippte die Internetadresse ein, die ihr ihre Schwester empfohlen hatte. Bereits auf der ersten Seite wurden sehr persönliche Fragen gestellt, die Hanna mit mulmigem Gefühl versuchte zu beantworten. Schließlich ließ sie sich registrieren. Nun hieß es geduldig sein – was Hanna immer schon schwer gefallen war – und abwarten.

Hanna fand keinen Schlaf. Unruhig wälzte sie sich hin und her. Immer wieder musste sie daran denken, was sie getan hatte. War es richtig gewesen? Neugierde mischte sich unter das schlechte Gewissen. Sie sprang aus dem Bett und lief ins Büro. Sie setzte sich vor den Bildschirm und begann mit zittrigen Fingern, die Seite zu öffnen. Sie las die Einträge sorgfältig durch. Ihr Blick blieb an einem Profil hängen: naturverbunden, ehrlich, einsam, auf der Suche nach Liebe und Geborgenheit. Hanna konnte es sich nicht erklären, aber eine Welle der Wärme durchströmte ihren Körper. Was war das? Sie wusste doch gar nichts über diesen Mann. Ein Fremder. Hanna nahm all ihren Mut zusammen und schrieb ihm ein paar Zeilen. Die Antwort ließ nicht lange auf sich warten. Sie hatte sein Interesse geweckt. Der Unbekannte bat um ein Foto. Hanna schickte ihm eines aus dem letzten Urlaub. Seine Reaktion: „Wow!" Hanna musste schmunzeln, es gefiel ihr immer mehr, sich mit Gabriel zu unterhalten. Beide waren aber offensichtlich mit dieser Art der Kommunikation nicht zufrieden und Hanna bat Gabriel um seine Telefonnummer. Sie wollte seine Stimme hören. Ein Teil in ihr warnte sie vor diesem nächsten Schritt. Es war ein Spiel mit dem Feuer. Sie glaubte, besonders schlau zu sein und unterdrückte ihre Nummer, als sie ihn das erste Mal anrief (später musste er immer wieder darüber lachen, denn er hatte ihre Unsicherheit sofort durchschaut).

Hanna und Gabriel schrieben sich jeden Tag in der Früh und sie telefonierten auch täglich. Es waren lange Telefonate. Zum ersten Mal empfand Hanna die ständige Abwesenheit ihres Mannes als Erleichterung. Sie sprachen über Gott und die Welt, als würden sie sich schon ewig kennen. Es war klar: Sie hatten sich ineinander verliebt, ohne sich je getroffen zu haben. Unglaublich! Eine Vertrautheit lag zwischen ihnen, die manche nach Jahren des Zusammenseins nicht hatten. Nach neun Tagen hielten es die beiden nicht mehr aus. Sie beschlossen, ein Wochenende an einem kleinen See zu verbringen. Hanna dauerte das aber zu lange (obwohl es nur noch vier Tage bis dahin gewesen wären). Sie rief ihn an und wollte ihn noch am selben Tag treffen. Nur wo? Sie hatte keinen Plan. Auf dem Parkplatz einer Tankstelle, bei McDonald's? Sie entschlossen sich für ein kleines Landgasthaus. Hanna bat Gabriel, ein Zimmer zu reservieren. Was hatte sie getan? Einen Fremden aufgefordert, ein Zimmer zu buchen? War sie völlig verrückt geworden? Sie war noch verheiratet. Sie suchte doch keine Affäre. Diese Gedanken kamen zu spät. Sie wusste, dass sie das, was sich schon längst angebahnt hatte, nicht mehr aufhalten konnte.

Ständig blickte sie auf die Uhr. Irgendjemand musste die Zeiger gestohlen haben. Die Stunden bis zur Abfahrt zogen sich in die Länge. Hanna überlegte, was sie anziehen sollte. Im Schrank herrschte das Chaos. Sie hatte den Eindruck, überhaupt das personifizierte Chaos zu sein. Na, das konnte ja heiter werden! Schließlich war es so weit, sie fuhr los, ganz langsam, um ihre Nervosität in den Griff zu bekommen. Aber es nützte nichts, sie zitterte am ganzen Leib. Sie schaffte es, zu spät zu kommen. Sie parkte ein und stieg aus. Er war schon da, wartete auf sie. Da stand er: groß, blond, ein ebenmäßiges Gesicht, dessen Züge eine gewisse Sanftheit vermuten ließen. Ein schelmisches Lächeln umspielte seinen Mund. Dieses Lächeln zog Hanna so sehr in ihren Bann, dass sie am liebsten sofort zu ihm hingelaufen wäre, doch sie hielt sich zurück und schritt gelassen auf ihn zu. Er sollte nicht merken, wie aufgeregt sie war (später gestand er ihr, dass es ihm nicht anders ergangen war). Behutsam umarmte er sie. „Die Größe passt!", meinte er schmunzelnd. Offensichtlich war er auch verlegen. Der Bann der Verlegenheit war aber schnell gebrochen. Sie setzten sich an einen kleinen Tisch. Er hatte schon Sekt bestellt, den sie nach einem kurzen Wortwechsel hastig austranken. Zwei Menschen, die sich eigentlich fremd hätten sein sollen, wollten nur noch alleine sein. Wie selbstverständlich stiegen sie die Treppen zu den Zimmern hinauf. Was dann geschah, war wie im Märchen. Zärtlich nahm er ihr Gesicht in die Hände und küsste sie lange. Er begann sie auszuziehen, ganz langsam, seine Hände glitten über ihren Körper. Hanna war wie in Trance. Liebevoll legte er sie auf das Bett, bedeckte ihren Körper mit Küssen. Hanna genoss jede Sekunde, wollte diesen Augenblick aufhalten. Noch nie zuvor hatte sie so ein tiefes Gefühl der Liebe und Verbundenheit gespürt. Sie lagen fest umschlungen da. Die Welt gehörte ihnen. Eine große Liebe begann.

Irgendwann war es Zeit, sich wieder voneinander zu lösen. Sie lachten beide, weil das Zimmer so schrecklich alt und renovierungsbedürftig war: Aus den Matratzen ragten rostige Federn, die zu einer erheblichen Verletzungsgefahr beitrugen. Die Karniese hing sprichwörtlich nur noch am seidenen Faden. Aber dies alles machte den beiden nichts aus. Sie hatten sich gefunden, auf eine besondere Art und Weise. Gabriel meinte mit einem Augenzwinkern, die Wünsche, die er ans Universum geschickt habe, seien in Erfüllung gegangen. Während sich die beiden anzogen, mussten sie sich immer wieder küssen. Hanna stellte fest, dass Gabriel ziemlich große Schuhe hatte, und platzierte ihre Schuhe in seine. Es funktionierte. Wieder lachten sie herzhaft. Es entstand eine Harmonie zwischen den beiden, die beinahe vier Jahre anhalten sollte.

Innig verabschiedeten sie sich am Parkplatz und fuhren heim. Nach nicht einmal zwei Kilometern erhielt Hanna eine SMS: *Mein Herz, ich schwebe im siebenten Himmel. Ich durfte einer Göttin nahe sein. Danke. Ich liebe dich über alles. Dicker, dicker zärtlicher Kuss.* Gerührt von seinen Worten hatte sie Mühe, das Auto nach Hause zu lenken. Am liebsten hätte sie auf der Stelle umgedreht und wäre ihm nachgeeilt. Doch sie wusste, dass das nicht möglich war. Sie wussten beide, dass die folgende Zeit nicht leicht werden würde, aber sie glaubten fest daran, dass wahre Liebe stärker sei als alles andere.

Drei verdammt lange Tage. Dann war es so weit. Ab ins Wochenende. Hanna konnte es kaum erwarten, Gabriel wiederzusehen. Schon zwei Tage zuvor hatte sie den Koffer gepackt. Eigentlich hätte für einen Wochenendtrip eine kleine Reisetasche genügt, doch unschlüssig, was sie anziehen sollte, packte Hanna den halben Kleiderschrank ein.

Sie erreichte bereits am Morgen das Wellnesshotel, Gabriel wollte gegen mittags nachkommen. Hanna gönnte sich eine Kosmetikbehandlung und Massagen, um sich die Zeit bis zur Ankunft ihres Liebsten zu vertreiben. Während sie wartete, bis sie aufgerufen wurde, erblickte Hanna durch das Fenster auf der gegenüberliegenden Straßenseite Gabriel. Nichts mehr konnte sie halten. Nur mit einem Bademantel bekleidet stürmte sie aus der Lounge – geradewegs auf ihn zu – und fiel ihm in die Arme. Sie umklammerte ihn, als würde sie ihn nie mehr loslassen wollen (später nannte er diese Umarmung immer Äffchenklammerung). Sie küssten sich leidenschaftlich. Was rund um die beiden geschah, nahmen sie nicht mehr wahr. Nur der Augenblick zählte. Nach dieser innigen Begrüßung beschlossen sie, zum See zu spazieren. „Ich ziehe mir schnell etwas an." „Du kannst ruhig so bleiben, ich finde dich in jeder Art von Kleidung unheimlich sexy, sogar in diesem überdimensionalen XL-Bademantel."

Wieder küssten sie sich. „Schluss jetzt, sonst schaffen wir es nie bis zum Wasser", lachte Hanna.

Eine halbe Stunde später genossen sie im Seerestaurant einen guten Kaffee. Kaffee war Gabriel wichtig. Da kannte er sich aus. Das merkte Hanna schnell. Sie saßen da, hielten sich an den Händen und philosophierten über Beziehungen. „Weißt du, Gabriel, einer meiner Leitsprüche stammt aus dem ‚kleinen Prinzen': ‚Man sieht nur mit dem Herzen gut, das Wesentliche bleibt für die Augen unsichtbar!' Wir haben uns ineinander verliebt, ohne uns je gesehen zu haben. Unsere Herzen haben uns geleitet. Ich finde das unglaublich. Ich kann mir nicht vorstellen, dass so etwas ein zweites Mal möglich ist. Es ist wie ein kleines Wunder." „Ja, da hast du recht Liebling, es ist ein Wunder. Und ich wünsche mir aus tiefstem Herzen, dass es nie vergeht und für die Ewigkeit geschaffen ist. Denn ich liebe dich wirklich sehr und möchte dich niemals mehr verlieren." Zärtlich umarmte sie ihn und streichelte sein Gesicht, ein Gesicht, das sie schon ewig zu kennen schien.

Der Abend war hereingebrochen und die beiden gingen verträumt zurück ins Hotel. Das Zimmer war hell und freundlich, ganz anders als das Zimmer in dem kleinen Landgasthaus. Aber der Ort war den beiden eigentlich egal, Hauptsache sie waren zusammen. Hanna war genauso aufgeregt wie beim ersten Mal. Während Gabriel duschte, zog sich Hanna ihr neues bordeauxfarbenes, kurz geschnittenes Nachthemd an und setzte sich auf das Sofa neben dem Doppelbett. Nervös klopfte sie mit den Fingern auf ihre Knie und wartete. Gabriel lugte um die Ecke: „Bin gleich da, mein Herz." Er kam, hielt inne, betrachtete sie. Er kniete sich vor ihr hin. „Meine Schöne", flüsterte er leise. Er zog sie an sich, hob sie hoch, trug sie vorsichtig ins Bett. In seinen Augen funkelte die pure Leidenschaft. Hanna versank im Rausch ihrer Gefühle. Irgendwann schliefen sie erschöpft ein. Als Hanna erwachte, verspürte sie schon wieder unsagbare Lust. Sie schmiegte sich an ihn, fuhr mit den Fingerspitzen sanft über seinen Rücken. Sie vernahm ein leises Brummen, das sie nicht zu deuten wusste, also machte sie weiter. Sie wollte ihn. Jetzt. Auf der Stelle.

Gabriel drehte sich mit dem Gesicht zu ihr und meinte halb verschlafen: „Da haben wir ja eine kleine Raupe Nimmersatt." Hanna war gekränkt und kehrte ihm den Rücken zu. Was sollte das? Er musste doch auch dieses Verlangen spüren. Zweifel regten sich in ihr. Begehrte er sie doch nicht so sehr? Enttäuschung machte sich breit.

Gabriel zog sie an sich und versuchte sie zu küssen. Es folgte die erste Zickenattacke. Sie verweigerte ihm den Kuss. „Bist du sauer auf mich, weil ich nicht sofort funktioniere, wie du es dir vorstellst?" Kein Ton kam ihr über die Lippen. Er begann ihren Rücken zu liebkosen. Sofort wurde sie schwach und schlang ihre Arme um seinen Hals. Sie liebten sich heftig. Es war wundervoll. „Meine kleine Kuschelraupe!" „Und du bist mein über alles geliebter Kuschelbär! Und Kuschelraupen und Kuschelbären darf man niemals trennen. Sie sind eine besondere Spezies", waren sich die beiden einig und kuschelten sich aneinander.

Hanna und Gabriel verbrachten zwei weitere wundervolle Tage voll Innigkeit und Herzenswärme. Sie genossen die Augenblicke und schmiedeten Zukunftspläne. Sie waren überzeugt davon, nichts und niemand könnte sie mehr trennen.

„Es gibt Augenblicke im Leben, in denen Zeit und Raum tiefer werden und das Gefühl des Daseins sich unendlich ausdehnt." (Charles de Baudelaire)

Hanna war wieder zu Hause. Ihre mütterlichen und beruflichen Pflichten durfte sie nicht vernachlässigen. Sie liebte ihre drei Kinder und hätte sie niemals im Stich gelassen. Auch wenn Kinder mit einem Bein schon in Richtung Erwachsensein unterwegs sind, bedürfen sie sehr oft der emotionalen mütterlichen Zuwendung. Plötzlich überkamen Hanna Gefühle des Zweifels und der Traurigkeit. Sie war doch noch vor einigen Stunden so glücklich gewesen? Ihr Blick fiel auf ein Familienfoto. Sie sah in strahlende Gesichter. Hanna fragte sich, ob sie den Kindern das emotionale Zuhause nehmen durfte? War es richtig, einfach zu gehen? Alles im Haus erinnerte an ein gemeinsames Leben. Zwanzig Jahre kann man nicht von einem auf den anderen Tag auslöschen. Gab es verschiedene Arten von Liebe? Hatte sich der Alltag wie Asche über die Liebe zu ihrem Mann gelegt? Gab es darunter noch eine Glut? Hanna fühlte sich plötzlich unwohl. Doch es gelang ihr nach einiger Zeit, diese Gedanken aus ihrem Kopf zu verbannen. Sie hatte sich im Herzen für Gabriel entschieden.

Ihren Beruf übte sie mit vollem Herzen und Elan aus. Die Arbeit mit Kindern und Jugendlichen erfüllte sie. Häufig, wenn Hanna bei Gabriel war, half er ihr bei den Vorbereitungen. Es machte ihm richtig Spaß. Er wäre sicherlich ein guter Erzieher geworden. Dies bewies er auch immer wieder, wenn Hannas kindliche Seite (die er sehr liebte) wieder einmal durchkam und er alle Hände voll zu tun hatte, um sie zu besänftigen. Liebevoll nannte er solch schwierige Situationen *Kuschelraupenkrise*.

SMS: Kb an Kr
Liebling, ich danke dir für deine lieben Worte am frühen Morgen. Du bist ein warmherziges, sensibles, aber auch impulsives und temperamentvolles Wesen. Ich bin mir sicher, dass Zeus den Olymp verlassen hat, um sich auf Erden ein weibliches Denkmal zu setzen. Nur so ist es erklärbar, dass da eine Frau lebt, deren bloße Anwesenheit die Männer scharenweise fast um den Verstand bringt. Die den Mann, der sie liebt, so nah an den Himmel führt, dass er die Klänge der Unendlichkeit zu vernehmen meint. Und ich bin glücklich, von dieser Halbgöttin geliebt zu werden. Danke, mein Herz. Liebe dich über alles. Dicker Kuss, dein Kuschelbär.

Ja, Gabriel hatte Talent. Er wusste, wie man mit Worten das Herz einer Frau erobert.

Hanna stand mit beiden Beinen im Leben. Gabriel wies ihr die typischen Attribute zu, die man seiner Liebsten eben zuschreibt: intelligent, erotisch, attraktiv, liebevoll, kindlich. Aber es sollte die Zeit kommen, wo Hanna mit ihrem Doppelleben völlig überfordert war. Gabriel drängte sie nicht. Er verharrte geduldig in der Warteposition.

Sie genossen die gemeinsamen Wochenenden, unternahmen Wanderungen, gingen einkaufen. Das Einkaufen war so eine

Sache. Hanna war die Großstadt nicht gewöhnt, einerseits völlig begeistert, andererseits völlig überfordert. Kaum hatten sie die Einkaufsstraße betreten, brach bei Hanna Stress pur aus. So viele Geschäfte, so viele Menschen, und alle wollten das Gleiche: shoppen, gustieren, aussuchen. Auch für Gabriel war dies jedes Mal eine regelrechte Herausforderung, musste er doch darauf achten, dass er seine quirlige Kuschelraupe nicht in dem Gewühl verlor, denn sie achtete keineswegs auf irgendetwas anderes als auf die zahlreichen Angebote und raste förmlich von einem Geschäft zum anderen, als würden diese jeden Moment schließen. Und fortwährend war Gabriel damit beschäftigt, Hannas Rucksack zu verschließen, denn dies vergaß sie stets. „Du bist in der Großstadt, Liebling, da haben Taschendiebe an Samstagen Hochsaison."

Voll bepackt kamen die beiden nach solchen Stunden zu Hause an. Gabriel lachte jedes Mal über seine Hanna. Und Hanna konnte nicht verstehen (bis heute nicht), was ihn so belustigte. Schließlich gab es in ihrem Dorf nur ein Geschäft. Da war es doch klar, dass man sich solche Einkaufsmöglichkeiten nicht entgehen lassen konnte. Zu Hause fabrizierten die beiden gerne eine besondere Salatvariation, die sie „Liebessalat" nannten: Paprika, Tomaten, Rucola, Mais, Feta und eine scharfe Marinade.

Während des Essens führten sie zahlreiche Gespräche und entwickelten dabei eine Art metaphorische Geheimsprache, die nur die beiden verstanden. Das gefiel ihnen.

Hanna liebte Gabriels geduldige Art, sie liebte einfach das Gesamtpaket. An diesem Abend jedoch fiel Hanna auf, dass Gabriel sehr schweigsam war. Irgendetwas bedrückte ihn. Obwohl er beteuerte, dass alles in Ordnung sei, ließ Hanna nicht locker. Schließlich sprudelte es nur so aus ihm heraus: „Ich bin Weihnachten und jeden Feiertag alleine, ich sitze sonntags auf deinem Platz und grüble, wie lange es noch dauern wird, bis du dich endlich trennst und zu mir bekennst. Betroffen starrte Hanna vor sich hin. Jedes Wort wäre zu viel gewesen. Er hatte absolut Recht. Es war an der Zeit, eine Entscheidung zu treffen.

Hanna wollte alles richtig machen, niemanden verletzen. Das stellte sie vor ein schier unlösbares Problem. Es gelang nicht. Sie wurde krank. Kein Wunder, besagt doch ein Sprichwort aus Thailand: „Nichts leistet einer, der zugleich zwei Dienste verrichten will."

Irgendwann begann Gabriel, sich langsam von ihr zu entfernen. Hanna bemerkte es zuerst nicht, war sie doch so damit beschäftigt, ihre gemeinsame Zukunft vorzubereiten, ihr gemeinsames Leben. Es sollte alles perfekt sein: Gabriel sollte einem Beruf nachgehen, der ihm Spaß machte, wo er auch Zeit finden würde, um zu lesen, um zu schreiben. Er war ein ausgezeichneter Rhetoriker, konnte so tiefsinnige, herzerwärmende Texte verfassen. Er war alles andere als ein Wirtschaftsmensch, doch früher nahm man wenig Rücksicht auf die Berufswünsche der Kinder. Gabriel wäre viel lieber Lehrer geworden. Nun, Hanna hatte die Möglichkeit, ihrem Liebsten auch beruflich zu helfen. Gabriel arbeitete in einem Büro, bearbeitete täglich Anträge, verfasste Bescheide, füllte Formulare aus. Die Arbeit frustrierte ihn. Und um rundum zufrieden zu sein, gehört auch dazu, sich jeden Morgen auf seine Aufgaben zu freuen. Hanna feilte Angebote aus, und sie konnte es kaum erwarten, Gabriel davon zu erzählen. Aber vorerst sollte es eine Überraschung bleiben. In ihrem Eifer übersah Hanna die ersten Anzeichen der Loslösung. Für sie war klar, ihre Liebe hielt allem stand.

Hanna schlief in letzter Zeit sehr unruhig. Sie fühlte allmählich, dass irgendetwas zwischen Gabriel und ihr nicht stimmte. Die Telefonate wurden weniger, die Nachrichten blieben aus. Verzweifelt versuchte Hanna herauszufinden, was los war. Aber Gabriel verschloss sich ihr, behauptete, er habe gerade beruflich einen ziemlichen Stress, zudem müsse er sich um seine beiden Kinder kümmern, die würden ihn jetzt brauchen. Den wahren Grund verschwieg Gabriel. Das war der erste Fehler. Ein offenes, klärendes Gespräch wäre notwendig gewesen. So wie früher. Liebte er sie nicht mehr? War es möglich, dass so eine große Liebe abhandenkommen konnte wie anderen Leuten ein Regenschirm? Hanna verstand die Welt nicht mehr. Naja, am Wochenende würde sie mit ihm über die momentane Situation reden.

Täglich telefonierten sie. Aber es war nicht mehr so wie früher. Es war anders. Hanna sprach ihn immer wieder darauf an, aber Gabriel leugnete, behauptete, es sei alles in Ordnung, er wäre nur beruflich ziemlich frustriert. „Ich freue mich schon sehr auf unser Wochenende", jubelte Hanna. „Das Wochenende muss ich den Steuerausgleich erledigen, das wird nicht so toll." „Kein Problem, ich habe jede Menge Lesestoff oder ich kann dir auch helfen, wenn du möchtest." „Ich überlege es mir", meinte Gabriel bedrückt. „Hey, sag schon, was ist los?", bohrte sie weiter. Grantig gab er zurück: „Ich bin einfach nicht guter Stimmung." Ende des Gesprächs. Hanna war betroffen. Das war nicht ihr Kuschelbär. Sie musste eine Nacht darüber schlafen, um zu überlegen, wie es weitergehen sollte.

Am nächsten Morgen schob Hanna alle Bedenken zur Seite und rief ihn an: „Guten Morgen mein Schatz, hast du gut geschlafen? Soll ich dann losfahren oder möchtest du lieber, dass ich das nächste Wochenende erst komme, damit du in Ruhe arbeiten kannst?" Die Antwort ließ einige Sekunden auf sich warten. (Früher wäre das undenkbar gewesen.) „Es wäre mir lieber, wenn du diesmal nicht kommst." Hanna verbarg ihre Enttäuschung geschickt hinter ihrer gespielten Fröhlichkeit. „Wie du willst, dann hören wir uns am Abend. Und arbeite nicht zu viel. Sie legte auf, ein mulmiges Gefühl beschlich sie, das sie den ganzen Tag nicht mehr loswurde. Gab es eine andere in seinem Leben? Sie versuchte, die Gedanken zu verscheuchen. Sie unternahm eine größere Radtour. Bewegung in der Natur macht den Kopf wieder frei.

„In der Stille der Natur ist es gut möglich, ungestört eine Zwiesprache mit dem eigenen Herzen zu halten." (Yvonne Mölleken)

Am Abend erhielt sie dann eine Nachricht von Gabriel: *Wir telefonieren heute nicht mehr. Ich kann nicht mehr länger so tun, als wäre noch alles in Ordnung. Ich melde mich am Montag. Dicker Kuss*

Hanna war geschockt, also doch, es gab eine andere. Unglaublich. Denn sie wusste immer, wo ihr Platz war.

Früh ging sie zu Bett, versuchte zu lesen, sich abzulenken, und irgendwann fiel sie in einen unruhigen Schlaf. Plötzlich schreckte sie aus einem Traum hoch. Es war irrsinnig, sie fühlte förmlich, dass Gabriel in den Armen einer anderen lag. Ihr Herz raste wie wild. Es war mitten in der Nacht. Kalt. Nebel. Sie sprang aus dem Bett, zog sich notdürftig an und eilte wie in Trance zum Auto. Ohne Führerschein, ohne Geldtasche machte sie sich auf den Weg zu ihm. Sie konnte nicht glauben, was sie im Traum erlebt hatte. Es war so real gewesen. Sie spürte noch immer diesen unsagbaren Schmerz im Herzen. Sie würde die weite Fahrt schaffen. Sie raste durch eine Nebelwand hindurch, Tränen rannen ihr unaufhaltsam über die Wangen. Sie wusste später nicht mehr wie, aber sie gelangte zu einer Park und Ride Garage und stolperte zur U-Bahn. Ohne ein Ticket lösen zu können, fuhr sie zu seiner Wohnung. Die Straße war menschenleer. Eine solche Leere war sie hier nicht gewöhnt. Aber in den frühen Morgenstunden war sie auch noch nie angekommen. Sie suchte die Hausglocke und läutete. Vergebens. Er war nicht da. Schlief bei einer anderen. Ihr wurde übel. Sie erbrach. Schon wieder wollten ihr die Tränen kommen. Minutenlang blieb sie mit hängenden Armen inmitten des kalten, dichten Nebels stehen, unfähig, einen Schritt vor den nächsten zu setzen, unfähig, einen Plan zu fassen. Im Café gegenüber wurden die Rollläden hochgezogen. Sie stand einfach nur da, in ihrem kurzen Rock, ihrer dünnen Strumpfhose, neben dem Erbrochenen. Innerlich wünschte sie sich, dass Gabriel mitten hineinstieg, wenn er zurückkam. Sie merkte gar nicht, dass sie zitterte wie Espenlaub. „Ich muss überlegen, was ich jetzt tue", dachte sie fortwährend. Sie hatte etwas sehr Unvernünftiges getan, sie hatte sich in Gefahr gebracht, war bei dichtem Nebel dürftig gekleidet einfach losgefahren. Aber sie wollte unbedingt wissen, ob der Traum Wirklichkeit gewesen war. Und nun hatte sie die Bestätigung. Irgendetwas zerbrach in diesem Moment in ihrer Glasseele. Wieder schossen ihr die Tränen mit solcher Gewalt in die Augen, dass sie sie nicht mehr zurückhalten konnte. Sie konnte nicht ewig hier stehen bleiben und sich ihrem Weinen hingeben, das in wenigen Sekunden einem Dammbruch gleichen würde. Schluchzend und fast blind stolperte sie Richtung Busstation. Immer wieder drehte sie sich um, hoffend, Gabriel würde auftauchen und sie – wie so oft – tröstend in die Arme nehmen. Aber er kam nicht. Sie war allein. Ein Mann hatte sie schon längere Zeit beobachtet und fragte sie, ob er ihr helfen könnte. Hanna lehnte weinend ab. Als der Bus endlich kam, stieg sie ein. Sie wollte nur noch weg. Sie wollte nur noch zu ihrem Auto. Raus aus der Stadt, in der sie sich immer so wohl gefühlt hatte.

Die Tage vergingen. Gabriel versuchte sie zu erreichen, aber Hanna war so enttäuscht, dass sie sich wie ein verwundetes Reh in ihr Zimmer zurückzog. Am Morgen fürchte sie sich davor, den Tag nicht zu überstehen, am Abend hatte sie Angst, einzuschlafen, denn dann kamen diese Albträume, die sie an den Rand des Wahnsinns brachten. Sie war nur mehr ein Schatten ihrer selbst. Vor allem wollte sie ihren Kindern kein solches Jammerbild bieten. Jeder Tag glich einem emotionalen Kampf. Aber irgendwann wurde ihr klar: Es musste weitergehen. Sie holte sich Kraft im Glauben, in der Natur und in ihren Büchern. Gerade in dieser Zeit spürte sie die selbstlose Liebe ihrer Familie.

Eines Morgens rief sie Gabriel an und bat um ein letztes Treffen bei ihr zu Hause.

Es war das erste (und letzte) Mal, dass Gabriel zu ihr nach Hause kam. Sie hatte beschlossen, einen ihrer großen Liebe würdigen Abschied zu gestalten. Eifrig bereitete sie alles vor. Kleidung. Frühstück. Abschiedsgeschenk. Plötzlich ertönte eine SMS. Hanna ahnte nichts Gutes: *Meine liebe Kuschelraupe, ich habe die ganze Nacht kein Auge zugetan, ich bin noch nicht so weit. DK.* Kuschelraupen gaben aber nicht so schnell auf. Sofort rief sie ihn an, sprudelte die Worte nur so heraus mit der Bemerkung, sie wolle ihn auf keinen Fall überreden zu kommen, aber sie wäre sich sicher, dass ihm das Wiedersehen gut tun würde. (Ihr) Kuschelbär musste lachen, und ihm war klar, er hatte keine andere Wahl.

Es wurden wunderbare Stunden : gemeinsames Frühstück im Freien, Gespräche über Liebe, Trennung, über den Sinn des Lebens. Danach unternahmen sie einen ausgedehnten Spaziergang. Schließlich hieß es Abschied nehmen. Sie umklammerte seine Hüfte, er hielt sie fest umschlungen – sie wollten sich nicht loslassen. Und doch lösten sich ihre Hände, ihre Lippen voneinander. Sie konnten nicht ewig in dieser Position verharren. Ihre Arme sanken neben den Körper. Sie drehte sich um, ging weg. Er fuhr heim. Trotz des Abschiednehmens spürten beide ein wohliges vertrautes Gefühl, dennoch, er hatte sich für ein Leben mit der anderen entschieden. Hanna hatte seine Geduld zu sehr strapaziert. Obwohl dieses Treffen ein Abschied hätte sein sollen, blieben sie in Kontakt.

Sie telefonierten zweimal in der Woche. Beide genossen die Gespräche, und immer wieder war trotz der räumlichen Trennung die große Sehnsucht spürbar. Warum taten sie sich das an? Warum quälten sich die beiden so sehr?

Hanna setzte die Situation ziemlich zu und sie fühlte sich seit Tagen unwohl. Sie musste etwas unternehmen. So konnte es nicht weitergehen. Sie schrieb Gabriel einen endgültigen Abschiedsbrief. Gabriel reagierte auf dieses Schreiben nicht. Er war fassungslos. Kein Tag verging, an dem er nicht an Hanna denken musste. Er geriet in eine Krise, war antriebslos, sprach mit Freunden über seine Gefühle, aber keiner erteilte ihm wirklich einen brauchbaren Rat. Dabei hätte er nur seinem Herzen folgen sollen.

Hanna erging es genauso. In jeder Stunde sehnte sie sich nach Gabriel. Es war die Hölle. Schließlich – nach vier Wochen – wählte sie seine Nummer. Er hob sofort ab. Die Erleichterung war förmlich zu spüren: „Du fehlst mir furchtbar. Ich liebe dich so sehr. Ich hätte mich vor Wochen schon von der anderen Frau trennen und mich bei dir melden sollen." „Auch du hast mir unsagbar gefehlt. In meiner Einsamkeit habe ich mich auf eine Beziehung eingelassen, bei der ich von Anfang an wusste, dass sie keine Beständigkeit hat. Die berühmten drei Worte bringe ich bei keinem anderen über die Lippen. Meine Liebe gehört nur dir. Wir müssen uns sehen. Möglichst bald. Lass uns keine Zeit mehr verlieren!" Das Gespräch dauerte über eine Stunde. Sie wollten einfach nicht auflegen. So vieles gab es zu erzählen. Zwei Tage später trafen sich die beiden in einem Café. Da waren Linien, die hatten sich über die letzten Wochen auf seinem Gesicht eingegraben. „Du wirkst nicht gerade glücklich mit deiner neuen Situation." „Nein, das bin ich wirklich nicht. Du hast mir so gefehlt." „Aber warum bist du denn damals überhaupt von mir weggefahren? Warum hast du auf meinen Brief nicht reagiert?" „Ja, ich weiß, das war ein Fehler", meinte Gabriel zerknirscht. „Aber jetzt habe ich ein Ziel. Ich will leben, lieben, lachen. Du gibst mir alles das, was ich mir erträume. Nicht umsonst hat mir das Universum dich geschickt", meinte er schmunzelnd. „Weißt du, mein Herz, wenn man einmal diese Gefühle kennenlernen durfte, will man nichts anderes mehr. Ich liebe dich." „Ich liebe dich auch." „Wie sehr?" „Über alles." „Das genügt mir."

Sie freuten sich auf ihre gemeinsame Zeit. Sie schrieb ihm abermals einen Brief:

Mein lieber Kuschelbär!
Das Treffen letzten Mittwoch war einfach genial (wie Kb sagen würde). Die Zeit verging wie im Flug. Wir hätten wahrscheinlich noch bis Mitternacht miteinander reden können (zwei liebende Philosophen halt). Du sprühtest vor Leben und dein Lachen war ansteckend und hat uns beiden gut getan. Niemand kennt dich so gut wie ich, niemand weiß besser als ich, was du fühlst, denkst. Umgekehrt ist es genauso. Wenn wir beispielsweise in der Stadt unterwegs waren, ein Blick genügte und ich wusste, was du dachtest. Oft waren es auch nur die kurzen zufälligen Berührungen beim Einkaufen, wenn wir uns an einer Kasse anstellten. Zwei unzertrennliche Seelen. Eins, nicht nur, wenn unsere Körper ineinander verschmolzen. Immer. Wie du bei unserem Treffen richtig gesagt hast, du hättest im Herbst einfach sagen müssen: Stopp. Jetzt beginnt unser Leben. Aber vieles (nicht alles) hat seinen Sinn. Vielleicht mussten wir beide diesen schweren Weg gehen, voll Traurigkeit, Sehnsucht. Jedoch, um Glück und Zufriedenheit anzustreben, ist es nie zu spät. Je früher man etwas ändert, desto schneller ist man am Ziel. Das Ja zum eigenen Selbst zeigt dir deinen Platz im Leben.
Als Kind haben wir unsere Gefühle ganz ausgelebt. Wir haben gelacht, wenn wir fröhlich waren, wir haben geweint, wenn wir Schmerzen hatten, haben geschrien, wenn wir wütend waren, konnten stundenlang in einer

Phantasiewelt versinken und ungeheuren Spaß dabei haben (diese seltene Gabe besitzen wir beide). Je älter wir werden, desto mehr wurde uns verdeutlicht, dass sich gewisse Dinge einfach nicht gehören. Man weint nicht vor anderen, reißt sich zusammen, man lässt sich nicht gehen, sondern setzt den Verstand ein und handelt dem Alter entsprechend (!), man phantasiert nicht, sondern sieht der Welt realistisch ins Auge. Wenn man älter wird, wird kaum noch über Gefühle gesprochen. Aber wir konnten das immer, zwei Gefühlsmenschen, die lieben, lachen können. Das ist das Besondere an unserer Liebe. Nun aber warst du im Begriff, eine Blockade in deinem Herzen und damit in deiner Gefühlswelt aufzubauen. Diese Erkenntnis frustrierte dich, weil du wusstest: Ich habe das Andere kennengelernt. Ich weiß, wie es sich anfühlt zu lieben, zu vertrauen. KR fehlt mir einfach. Ich wohne jetzt zwar in einer größeren Wohnung, aber ohne Herzensfreude, ohne Begehren. Die Beziehung ist bereits nach ein paar Wochen zur Routine geworden.

In unserer Beziehung gab es all die Jahre nicht einen einzigen Tag Routine! Im Gegenteil, stets folgte ein Highlight dem nächsten, sodass wir darüber oft gescherzt haben, wie denn so etwas möglich sei. Die Antwort ist ganz einfach: Es ist, was es ist. Es ist Liebe.

Du liebst so wie ich die Natur, und vor allem auch Bücher. Besonders aber liebst du das Kind in mir. **„Nur wer erwachsen wird und ein Kind bleibt, ist ein Mensch"** *(Erich Kästner). Dieser Ausspruch von Kästner hat nichts an Aktualität eingebüßt, denn viele Menschen haben im Prozess ihres Erwachsenwerdens die Fähigkeit verloren, ihren Gefühlen freien Lauf zu lassen oder mit anderen Menschen offen über ihre Gefühle zu sprechen.(Das fehlt dir besonders, denn du bist kein Wirtschaftsmensch, du bist ein Geisteswissenschaftler, ein Gefühlsmensch durch und durch, nur weiß das niemand außer Kr.) Wir sollten offen und ehrlich mit unserer jeweiligen Gefühlslage umgehen und sie unsere Umwelt spüren lassen. Ja, ich bin, wie ich bin: emotional, manchmal zickig usw. Das brauche ich dir ja nicht zu sagen. Aber eines kann ich gut: Einem Menschen meine Gefühle zeigen. Lieben aus ganzem Herzen.*

Habe den Mut, Gabriel, deine Gefühle zu leben. Sie werden dir ein wertvoller Ratgeber für die Zukunft werden. Denn es sind unsere Gefühle, die dazu beitragen, dass wir das Leben genießen können. Wer nicht genießen kann, wird bald ungenießbar und frustriert.

Du hast dein Problem schon lange erkannt. Du fristest ein ruhiges Dasein. In Wahrheit fehlt dir dein Quirl, dein Lebenselixier. Du lebst mehr oder weniger einfach vor dich hin. Ein Tag gleicht dem anderen. Du ärgerst dich, strengst dich an, erledigst Kundentermine, schreibst Bescheide und kommst so irgendwie über den Tag. Nur eines: Die Freude fehlt. Und du hast das andere Leben kennengelernt, vor allem hast du erfahren dürfen (was sich so viele wünschen), was es wirklich heißt, verliebt zu sein. Ein turbulentes Leben mit kuscheligen Ruhephasen.
Nun hast du dir ein Ziel gesetzt. Das ist gut. Nur wer sich ein Ziel setzt, weiß, wo er ankommen will. Ohne Ziele geht man einfach immer nur den gleichen Weg und darf sich nicht wundern, dass man nicht dort ankommt, wo man eigentlich hin wollte. Du bist wichtig, du hast ein Recht auf ein zufriedenes Leben, auf Wohlstand und eine glückliche, erfüllende Partnerschaft!
Du gestaltest mit deinen Gedanken dein Leben. Du kannst JA sagen zum Leben, dann darfst du dein Ziel nicht aus den Augen verlieren und du musst dir einen Plan machen, denn Aufschieben macht die Problemlösung nicht leichter. Oder du sagst Nein zum Leben, mit 48 Jahren habe ich eigentlich nicht mehr viel zu erwarten. Es passt so, wie es ist. Aber du hast schon vor Wochen in deinem Herzen JA gesagt. Handle nach deinem Herzen, nicht nach deinem Verstand.
Ich weiß, dass du mich liebst und würde das aber – so ist es in einer Kr-Kb-Liebe – gerne mindestens einmal am Tag lesen oder hören (Du siehst, es hat sich nicht geändert. So war es zu Beginn, so soll es auch jetzt sein.)
Deine Kuschelraupe

Doch es kam wieder anders als erwartet. Abermals brach der Kontakt ab. Hanna zog sich in ihre Welt zurück. Begann, ein Tagebuch zu schreiben.

„Als ich das erste Mal schrieb, verspürte ich das erste Mal den Geschmack der Freiheit." (Jean Genet)

„Verstehen kann man das Leben rückwärts, leben muss man es aber vorwärts." (Kierkegaard)

Dritter Teil

2010-2014
Corinna

Wie wird meine berufliche Zukunft aussehen? Was macht mir Freunde, was bereitet mir Spaß? Viele junge Menschen stehen vor dieser schweren Entscheidung. So erging es auch Corinna. Heute war ein heißer Tag, die Hitze drückte, das Thermometer zeigte 39 °C. Corinna zog sich mit ihrem Laptop in ein schattiges Eck im Garten des elterlichen Grundstücks zurück. Sie hatte vor einem Monat maturiert, wusste aber nicht, wie es weitergehen sollte. Sie durchstöberte Internetseite um Internetseite, Forum um Forum. Ihre Gedanken schweiften aber ständig ab, da ihr so viele Dinge durch den Kopf gingen. Wird meine Mutter weiter Einfluss auf mich ausüben? Wird sie mir zukünftig mehr Freiraum lassen als bisher? Soll ich weit weggehen und das alles hier hinter mir lassen? Corinna war stärker verunsichert denn je.

Nach zwei Stunden der Ungewissheit stieß sie auf ein Forum der Universität Wien, in welchem Lehramtskandidatinnen und -kandidaten ihre Erfahrungen gepostet hatten. Corinna verschlang die Informationen regelrecht und je mehr sie las, umso stärker wurde ihr Entschluss. „Ich möchte Lehrerin werden!", hallte es durch den idyllisch angelegten, liebevoll gepflegten Garten, sodass es auch die Nachbarn mitbekamen. Ihre Mutter hörte das und eilte zu ihr. „Ist dir was geschehen? Du hast so laut geschrien?" „Nein, Mama! Es war ein Freudenschrei, denn ich weiß, was ich werden möchte!" „Na dann, schieß mal los!" Insgeheim wollte sie ansetzen und ihrer Tochter sagen, dass das sicherlich wieder nur ein Hirngespinst sei. In den letzten Jahren hatte Corinna zwischen Tierärztin, Hausfrau, Richterin, Einzelhandelskauffrau oder auch Stewardess geschwankt, wobei die Liste problemlos um zehn Berufe erweiterbar wäre. Martha riss sicher aber zusammen und lauschte den Worten ihrer Tochter, die sie über alles liebte. „Mama, mein Entschluss steht fest! Es war die ganze Zeit so offensichtlich, ja, direkt vor meiner Nase. Und trotzdem habe ich es nicht gemerkt. Tante Anni erzählt immer voller Freude, welche Lernerfolge sie auf schulischer und menschlicher Ebene bei ihren Schülerinnen und Schülern erreicht hat. Dabei strahlt ihr Gesicht. Sie hat ihre Berufung zum Beruf gemacht. Auch wenn sie manchmal viel Stress hat und nicht weiß, wo sie noch etwas von ihrer kostbaren Zeit abzweigen soll, so steht Tante Anni immer hinter dem, was sie tut. Deine Schwester versucht, junge Menschen etwas zu lehren und sie auf ihr späteres Leben vorzubereiten. Das will ich auch!" Martha war gerührt. Ein sanftes Lächeln trat in ihr Gesicht und sie sagte schließlich: „Ich glaube, du bist mit demselben Fieber infiziert wie Anni." Martha setzte sich zu ihrer Tochter und sie unterhielten sich stundenlang über den Lehrberuf. Corinna wusste nun, was sie werden wollte. Für sie stand fest, dass sie ein Lehramtsstudium in den Fächern Geographie und Wirtschaftskunde sowie in Musikerziehung meistern wollte. Voller positiver Emotionen und endlich mit einem klaren Ziel vor Augen, legte sich die bald 19-Jährige zu Bett und freute sich schon auf ihre Träume, die sich ihrer Meinung nach nur um die bevorstehenden Aufgaben drehen konnten.

Am nächsten Tag stand Corinna sehr früh auf, noch früher als sonst. Sie ging ins Internet und notierte sich die wichtigsten Informationen über die beiden Lehramtsstudien. Voller Freude entdeckte sie, dass eine Anmeldung ab 1. Juli möglich war. Sofort suchte sie die benötigten Dokumente zusammen, um sich zu immatrikulieren. Sie schrieb auf einen Zettel „Mama, ich bin auf dem Weg, um meinen Traum zu verwirklichen. Komme am Abend zurück!", und rannte zum Bahnhof. Corinna bestieg den nächsten Zug und fuhr nach Wien. Angesichts der frühen Uhrzeit und der Tatsache, dass Sommerferien waren, war die Bahn verhältnismäßig leer. Sie setzte sich auf einen freien Fensterplatz und es dauerte nicht lange, da versank sie in ihren Gedanken. Dabei kamen auch alte Wunden in ihr hoch, nämlich die Trennung von ihrem Freund Martin. Sie hatte ihn bei einem Feuerwehrfest kennen und lieben gelernt. Er brach ihr aber das Herz. Er meinte es nicht ehrlich mit ihr. Nutzte sie nur aus. Warum dieser tiefe Schmerz ausgerechnet in diesem Moment aufkam? Corinna wusste es nicht. Lag es an dem hektischen Treiben in der Straßenbahn? So viele anscheinend glückliche Paare. Würde auch sie das Glück irgendwann finden? Für Schwermut war kein Platz, und so verdrängte sie dieses dunkle Kapitel ihres noch so jungen Lebens recht schnell wieder. Die Mundwinkel hoben sich wieder an und ein breites Lächeln war in ihrem Gesicht erkennbar. Die Vorfreude war schon riesig.

Als zukünftige Pädagogin im Bereich der Geographie steuerte sie zielstrebig auf die altehrwürdigen Universitätsgemäuer – die Universität Wien feierte mittlerweile den 650. Geburtstag – zu. Sie betrat das Foyer und war von dem erhabenen Gebäude fasziniert. Bei einem Portier erkundigte sie sich nach dem Immatrikulationsbüro. Dort erwartete sie schon eine lange Menschenschlange. „Wollen die alle zu studieren beginnen?", schoss es ihr durch den Kopf. Geduldig reihte sie sich am Ende ein und harrte aus. Zwei Stunden lang betrachtete sie die anderen und amüsierte sich. Manche stellte sie sich als Lehrerin oder Lehrer vor, manche als Politikerinnen und Politiker und wiederum andere als zukünftige Studienabbrecher. Das ließ die Zeit zwar nicht wie im Flug vergehen, sorgte aber dennoch für eine gewisse Bekämpfung der Langweile. Mit den anderen ein Gespräch zu beginnen, darauf hatte Corinna keine Lust.

Nun war sie an der Reihe und betrat das Immatrikulationsbüro. Sie hatte sich im Vorfeld bereits online für ihre Studienlehrgänge angemeldet, jetzt galt es nur noch, die entsprechenden Dokumente persönlich abzugeben und zu inskripieren. Irgendwie hatte sie es sich viel spektakulärer vorgestellt. Tatsächlich standen aber nur drei Schreibtische mit je einem Computer, einige Sessel und ein Kasten voller Dokumentenordner in diesem ansonsten sehr karg ausgestatteten Raum. Corinna übergab einer der Mitarbeiterinnen ihre Dokumente und gab an, in Geographie und Wirtschaftskunde sowie in Musikerziehung das Lehramt ergreifen zu wollen. Die Mitarbeiterin entgegnete nur ein kühles „Sonst noch was?", stand auf und verließ den Raum. Corinna war überrascht. Nach einigen Minuten kam die Frau zurück und drückte ihr die Anmeldeformulare für die Inskription in die Hand. „Da, ausfüllen!", murmelte sie mit tiefer Stimme. Corinna füllte den Bogen vorbildlich aus und schob das Blatt Papier zurück. Die Mitarbeiterin drückte einen Stempel darauf, legte es zu den anderen Akten und sagte mit einem offensichtlich nicht ernst gemeinten Unterton: „Gratuliere, Sie sind jetzt Geographie- und Musik-Studentin an der Uni Wien. Wiederschauen!" Corinna, die ob der Vorgehensweise der Angestellten verunsichert war, verabschiedete sich höflich und verließ den Raum. Es dauerte aber nicht lange, da wichen die Gedanken über die merkwürdige Mitarbeiterin. Denn Corinna hatte ihr Ziel erreicht: Sie war offiziell an der Universität Wien in den Lehramtsfächern Geographie und Wirtschaftskunde sowie für Musikerziehung inskribiert.

Corinna hatte in den vergangenen dreieinhalb Jahren viel Entbehrungen auf sich nehmen müssen, nur um sich dem zeitaufwendigen Studium widmen zu können. Durch ihren Fleiß erzielte sie wirklich achtbare Ergebnisse, auf die auch ihre Mutter stolz war. Selten gab es eine Note, die schlechter als ein Gut war. Für Freunde oder eine Beziehung blieb nur wenig Zeit.
    Nun stand ein weiteres Puzzleteil auf ihrem Weg zur fertigen Pädagogin auf dem Programm. Noch sollte sie nicht ahnen, welche Auswirkungen das auf ihr Leben haben würde. Im Rahmen des Geographie- und Wirtschaftskunde-Studiums war es vorgesehen, dass jeder bzw. jede Studierende eine Auslandsexkursion absolvierete. Corinna hatte die Wahl zwischen Deutschland, Thailand und den USA. Lange brauchte sie nicht überlegen, welches dieser Angebote das richtige für sie war. Sie meldete sich für die Auslandsexkursion in die Vereinigten Staaten von Amerika an. Laut Programmvorschau sollen die Städte New York, Buffalo, Chicago und Detroit besucht werden. Die Reise sollte von 3. bis 19. Januar 2014 dauern. Das Ziel war es, stadtgeographische Aspekte der nordamerikanischen Großstädte zu untersuchen und zu hinterfragen, warum Städte wchsen beziehungsweise Städte schrumpfen. Corinnas Vorfreude war schon enorm.

Corinna befand sich am 3. Januar 2014 mit ihrer 30-köpfigen Reisegruppe, geleitet von Universitätsprofessor Dr. Heinrich Fallmann, auf dem Weg von Chicago nach Detroit. Der Besuch der Städte Buffalo und Chicago war bereits vorüber. Besonders Chicago hatte Corinna fasziniert. Im Flugzeug sitzend, freute sie sich auch schon auf Detroit. Sie hatte sich im Vorfeld über diese Stadt schlaugemacht. Detroit liegt im Bundesstaat Michigan und war in den 1950er Jahren eine der größten Städte der USA. Da man sich einst aber nur auf *einen* Wirtschaftszweig, den Automobilsektor, konzentriert hat, ging es seit Ende der 1970er Jahre stetig bergab. Viele Leute verließen die Stadt, weil ihr Arbeitsplatz wegrationalisiert wurde. Zudem gab es in den 1970er Jahren schwere Ausschreitungen zwischen den Weißen und Schwarzen, was auch nicht gerade zu einem positiven Klima in der Stadt geführt hatte. So lebt heute nur mehr ein Bruchteil der einst 1,6 Millionen Menschen in Detroit City. Und die etwa 500.000 Einwohner sind zu über 80 % dunkelhäutig. Corinna hatte sich wirklich einiges angelesen und reflektierte so ziemlich alles während des Fluges. Beunruhigend fand sie allerdings die Tatsache, dass die Kriminalitätsrate in Detroit sehr hoch war und im Durchschnitt täglich eine Person ermordet wurde. Darauf hatte ihr Professor im Vorbereitungsseminar ausdrücklich hingewiesen.

Die Reisegruppe kam im „Detroit Inn Motel" an, welches nicht unweit des Stadtzentrums gelegen war. Es war Nachmittag und das schmuddelig wirkende Quartier, das direkt an der Hauptstraße lag, wurde bezogen. Danach bat Professor Fallmann um ein Treffen vor dem Eingang, denn er wollte den Plan für den Aufenthalt in Detroit verkünden. „Werte Studierende! Wir haben unser drittes Etappenziel auf dieser 16-tägigen Reise erreicht. Wir stehen in Detroit, der ärmsten Stadt der USA mit der höchsten Verschuldung. Morgen wird uns Univ.-Prof. Dr. Roland Sinford von der Wayne State University den ganzen Tag begleiten. Es geht um 8.30 Uhr los. Bitte stärken Sie sich vorher mit einem Frühstück. Der heutige Tag – es ist jetzt 16 Uhr – steht zu ihrer freien Verfügung. Sie können Detroit gerne auf eigene Faust erkunden. Bedenken Sie aber bitte, dass es sich hier um ein heißes Pflaster handelt! Gehen Sie niemals alleine durch die Gassen, sonst sind sie ein dankbares Opfer für Überfälle. Vergessen Sie nicht, was ich Ihnen über die Kriminalitätsrate gesagt habe. In diesem Sinne wünsche ich Ihnen einen netten Abend und ich bin schon darauf gespannt, welche Eindrücke sie morgen mitzuteilen haben." Nach diesen Worten war einigen die Unsicherheit ins Gesicht geschrieben, darunter Corinna. Als schüchterne und zurückhaltende Person hatte sie nicht wirklich Anschluss zu den anderen Reiseteilnehmern und -teilnehmerinnen, obwohl sie viele von ihnen aus den diversen Lehrveranstaltungen kannte. Dennoch schloss sie sich einer 5-köpfigen Gruppe als sechste Person an. Die anderen nahmen sie aber irgendwie nicht wahr beziehungsweise reagierten nicht auf ihre Wünsche. Corinna wollte nämlich unbedingt mit dem sogenannten „People mover" fahren, einer Hochbahn, die mitten durch die Downtown von Detroit führt und immer im Kreis fährt. Den anderen war das aber ziemlich gleichgültig, denn sie wollten eine Bar finden, um bei einem Cocktail zu relaxen. So löste sich Corinna – entgegen des Hinweises von Professor Fallmann – von ihrer Gruppe und erkundete Detroit von nun an auf eigene Faust.

Beim Fahren mit dem „People mover" fiel Corinna auf, dass viele Gebäude leer standen und mitunter in einem miserablen Zustand waren, ebenso wie die Straßen. Nun war Corinna klar, warum die Stadt immer weiter schrumpfte. Mittlerweile war es bereits 18 Uhr geworden. Allmählich brach die Dämmerung herein. Corinna beschloss, zu ihrem Motel zurückzukehren. Es waren vom Zentrum bis zum Quartier etwa zehn Gehminuten. Sie stapfte los. Plötzlich hallten Schüsse durch die hereinbrechende Nacht. Panisch erhöhte sie ihre Schrittfrequenz und wollte nur noch heil an ihrem Ziel ankommen. Aber das Schicksal führte sie genau in die Richtung, aus der die Schüsse gekommen waren. Sie wurde Zeugin eines Raubüberfalls. Ein Schwarzafrikaner und ein Weißer überfielen einen Mann, der einen Anzug trug. Sie stießen ihn zu Boden, bedrohten ihn mit einer Waffe und schlugen letztlich mit dem Revolvergriff auf seinen Hinterkopf. Er sank zu Boden und bekam noch einige Tritte von den rabiaten Männern. Sie durchsuchten seine Taschen und entwendeten seine Brieftasche, ebenso wie seine Uhr und sein Mobiltelefon. Danach ergriffen sie die Flucht. Corinna sah das alles mit an und stand wie versteinert da. Gott sei Dank hatten sie die Täter nicht entdeckt. Zunächst zögerte sie, ob sie dem Mann helfen sollte, und tat es schließlich. Mit vorsichtigen Schritten näherte sie sich dem Verletzten, der stark benommen auf dem schmutzigen Asphalt kauerte. Aus einer Wunde am Hinterkopf sickerte Blut. Seine langen schwarzen Haare waren zu einem Zopf gebunden, eine Strähne hatte sich gelöst und hing ihm widerspenstig über das Gesicht, ein Gesicht, das dominiert wurde von großen, dunklen Augen. Sein Blick war schmerzverzerrt, zugleich zornig und eindringlich – genau dieser Blick traf Corinna mitten ins Herz. Sie fragte ihn, ob es ihm gut gehe. In der Aufregung hatte sie deutsch gesprochen. Er antwortete mit einem „Geht schon!" Verdutzt schaute Corinna den Mann an. „Sie sprechen meine Sprache? Woher kommen Sie?" Er antwortete zunächst nicht, seine Haltung wurde von seinen Schmerzen bestimmt. Corinna nahm aus ihrem Rucksack ein Taschentuch und tupfte seine Wunde ab. Ob so viel Fürsorge fing der Bestohlene doch zu reden an: „Ich bin ein Musikproduzent und vor zehn Jahren von Wien in die USA ausgewandert, um Karriere in der Musikbranche zu machen." Während Corinna die Verletzung weiter versorgte, fragte sie schüchtern nach: „Wie ist Ihr Name? Ist er typisch österreichisch?" „Ein Schmunzeln machte sich auf seinem Gesicht breit. „In den USA ist es üblich, klangvolle Namen anzunehmen. Eigentlich heiße ich Martin Plattenhardt, aber unter diesem Namen kennt mich hier niemand. Ich heiße ..." Seine Schmerzen verhinderten es, dass er den Satz vollenden konnte. Als Corinna aber den Namen Martin hörte, beschlich sie ein eigenartiges Gefühl. Sie fragte nicht nach dem US-amerikanischen Namen, sondern blickte ihn an und schaute ihm in die Augen. Er tat selbiges. Ein Kribbeln durchzuckte Corinnas Körper, wie sie es nicht für möglich gehalten hatte. Für einige Sekunden herrschte Stille. Martin bat Corinna, ihm unter die Arme zu greifen, damit er sich aufrichten konnte. Sie mussten diesen Ort so schnell wie möglich verlassen. Beim Aufhelfen spürte Corinna seinen muskulöser Körper, groß, männlich, einfach faszinierend. Er erhob sich mit Mühe. Schließlich bedankte er sich bei Corinna für ihre Hilfe und meinte, sie solle schnell das Weite suchen, er käme alleine zurecht, es sei hier viel zu gefährlich für eine so hübsche, junge Frau. Höflich – mit einem Handkuss – bot er ihr an, sie nach Hause zu bringen. Corinna schüttelte den Kopf, unfähig zu antworten. Der Mann schleppte sich zu seinem Wagen, der in unmittelbarer Nähe abgestellt war. Er startete den Motor und verschwand. Wie zuvor stand Corinna wie versteinert da. Irgendetwas war passiert. Sie konnte aber nicht benennen, was es genau war. Hatte sie sich womöglich in den Musikproduzenten Martin verliebt? Erinnerte sie der Name an ihren Exfreund? Mitten in diesem für sie sehr emotionalen Moment hörte sie einen heftigen Wortwechsel. Eilig verließ sie den Schauplatz des Überfalls, beeilte sich und gelangte heil zu ihrem Motel, wo sie zeitgleich mit der von ihr zuvor verlassenen Gruppe ankam.

In der Nacht konnte Corinna, die sich das Zimmer mit der resoluten Marianne teilen musste, kaum schlafen. Einerseits war es Mariannes Schnarchen, andererseits waren es die Gedanken an die Begegnung mit Martin. Irgendwie wollte sie sich die Gefühle nicht eingestehen. Sie kam zu der Erkenntnis, dass sie ihn vermutlich ohnehin nie wiedersehen würde und dass ein etwa 40-Jähriger kaum Interesse an einem 22-jährigen Mädchen haben würde. Kaum konnte sie einschlafen, wurde sie auch schon wieder jäh von ihrem Wecker aus dem Schlaf gerissen. Marianne erwachte und fragte Corinna, ob sie auch gut geschlafen habe. Corinna, der die Müdigkeit sowie die Verunsicherung wegen des gestern Erlebten noch deutlich anzusehen war, antwortete mit einem saloppen „Passt schon!" Die beiden begaben sich zum Frühstück, wo die anderen schon warteten. Ein deftiges amerikanisches Frühstück mit pancakes, scrambled eggs und ähnlichen Speisen war jetzt genau das, was sie nicht brauchen konnte. Daher aß sie – im Gegensatz zu der alles in sich hineinschaufelnden Marianne – kaum etwas. Dann ging es auch schon zum Bus, der die Reisegruppe erwartete. Die Vorstellung von Univ.-Prof. Dr. Roland Sinford bekam sie gerade noch mit, die Informationen über Detroit und den genauen Tagesablauf jedoch schon nicht mehr.

Wie in Trance blickte sie aus dem Fenster und ihre Gedanken drehten sich nur um Martin. Zwei Gesichter tauchten vor ihrem geistigen Auge auf, zwei Gesichter, die auf unerklärliche Weise ineinander verschwammen: das Gesicht einer verflossene Liebe und das Gesicht einer Liebe, die niemals Realität werden würde.

So verging ein Tag nach dem anderen und inzwischen war die Reisegruppe schon zu ihrer letzten Station gelangt. Der „Big Apple", das Mekka der Stars und weltweit als die Stadt der Städte angesehen, sollte in den letzten fünf Tagen stadtgeographisch unter die Lupe genommen werden. Aufgrund der Faszination, die von dieser Metropole ausging, vergaß Corinna zwischenzeitlich für zumindest einige Stunden den Liebeskummer, der eigentlich keiner im herkömmlichen Sinne war. Mittlerweile hatte sie sich sogar mit Marianne angefreundet, obgleich die beiden unterschiedlicher nicht sein konnten. Marianne trat immer sehr forsch auf und nahm selten ein Blatt vor den Mund. Sie war in kleinbäuerlichen Verhältnissen aufgewachsen und vertrat oft Ansichten, die kaum ein anderer der Gruppe nachvollziehen konnte. So meinte sie etwa, dass in New York doch der Landwirtschaft mehr Platz eingeräumt werden müsse. Man solle Häuser abreißen, den Asphalt entfernen und Äcker anlegen. Erst dadurch würde die Stadt lebenswert. Corinna sah das – wie auch der Rest der Reisegruppe – naturgemäß anders, schwieg aber um des Friedens willen. Professor Fallmann, der auch bloß die Augenbrauen hob, räumte nun eine Pause von etwa 30 Minuten ein. Fast geschlossen entschieden die Studierenden, ein „Starbucks"-Café zu besuchen; vermutlich einer der stärksten Trends zu dieser Zeit.

Beim Betreten der „Starbucks"-Filiale war der Menschenandrang enorm. Ein regelrechtes Gedränge entwickelte sich. Und plötzlich, wie aus heiterem Himmel, eigentlich unglaublich, nahezu unmöglich: Corinnas heimliche Liebe befand sich im selben Raum. Er stach aus der Menge heraus, da er einen teuren Anzug trug. Damit zog er nicht nur Corinnas Blicke auf sich. Hastig trank er seinen Kaffee, während er gleichzeitig telefonierte. Seine Gesichtszüge verkrampften sich. Das Telefonat dürfte einen für ihn unangenehmen Gesprächsinhalt haben, so schien es. Corinna überlegte, ob sie ihn ansprechen sollte. Sie zögerte. Sie überlegte. Ihr Blick ging Richtung Boden. Plötzlich setzte sich ihr Schwarm in Bewegung und kam auf sie zu. Ihr Herz raste. Er näherte sich flotten Schrittes, blieb dann aber unerwartet stehen und steckte sein Telefon ein. Martin stand nun etwa fünf Meter von Corinna entfernt. Er nahm noch einen kräftigen Schluck Kaffee, als schon wieder das Handy läutete. Corinna fand den Klingelton amüsant. Es wurde die Melodie von „Music was my first love" von John Miles gespielt. Viele, die um Corinna herumstanden, warfen einen Blick der Überraschung in Richtung von Martin. Corinna aber kannte das Lied. Martin setzte sich wieder in Bewegung und war auf Augenhöhe mit Corinna, war aber so ins Gespräch vertieft, dass er sie nicht bemerkte. Sie zögerte erneut und Martin verließ „Starbucks". In Corinna spielte sich ein Film ab, der Film der verpassten Chancen. Sie erinnerte sich an die Schule, wo eine Beziehung mit einem Klassenkollegen aufgrund ihrer Schüchternheit erst gar nicht zustande kam. Eine andere hatte ihr den sympathischen Lukas weggeschnappt. Tag für Tag war sie mit seiner Anwesenheit in der Klasse konfrontiert, traute sich aber nie, ihm seine Gefühle zu gestehen. Ähnlich war die Situation mit Martin, ihrem Exfreund, der ihre erste große Liebe gewesen war. Gott sei Dank machte er damals den ersten Schritt, sonst wäre vermutlich auch nichts daraus geworden. Er hatte sie aber bitter enttäuscht und für großen Liebeskummer gesorgt. Und Corinna erholte sich davon nur äußerst langsam. Und nun war der Anzug tragende Adonis zum Greifen nah und doch so fern. Martin verließ das Lokal, gab aber beim Entgegennehmen des Telefonats seinen Namen preis. Corinna konnte trotz der großen Zahl an Menschen den Namen eindeutig verstehen. „Monty Music here!", drang es an ihr Ohr. Der gebürtige Wiener Martin Plattenhardt nannte sich in den USA also Monty Music. Corinna konnte sich ein Schmunzeln nicht verkneifen. Den Namen zu merken, stellte sicher keine Schwierigkeit dar. Er brannte sich in ihr Gehirn und die Gedanken, die sie an ihn verlor, bekamen einen Namen. Sie blickte ihm hinterher, ließ ihn aber ziehen.

Der Tag der Abreise war gekommen. Corinnas Eindrücke von New York würden sie sicherlich ermutigen, zu Hause darüber zu berichten. So viel Neues und Imposantes erweiterte ihren Wissenshorizont. Spät abends machte sich die 30-köpfige Reisegruppe auf den Weg zum Flughafen. Marianne, mit der sich Corinna immer besser verstand, wartete vor ihr. Die Schlange am Schalter war lang, ohne die 30 Studierenden mitzurechnen. Corinna dachte, das würde Stunden dauern. Sie blickte sich um und es dauerte nicht lange, da versank sie wieder einmal in einen Tagtraum. Wie schon in allen vergangenen Tagen und Nächten war Martin, alias Monty, das Zentrum. Dieses Mal war aber etwas anders: Monty schien so präsent, so nahe zu sein, noch näher als sonst. Sie hatte ihn ganz scharf und klar vor ihren Augen. Jedes Grübchen, jede Stirnfalte, den Körperbau, einfach alles. Aber was war das? Als Corinna seine rechte Hand erblickte, sah sie einen Ring und jemanden, der seine Hand hielt. Ihr Blick richtete sich langsam in Richtung der Person, die neben ihm stand und offensichtlich eine innige Liebesbekundung in sein Ohr flüsterte. Corinna schaute ganz langsam hoch und entdeckte … sich selbst. Ein breites Grinsen und ein Erröten überzogen ihr Gesicht. Sie schien in doppelter Weise glücklich zu sein. Der Augenblick dauerte gefühlte Stunden. Doch Träume nehmen nicht immer ein gutes Ende. Monty löste die Hand aus ihrer, zog seinen Ring ab und sprach: „Corinna, meine über alles geliebte Frau! Danke, dass du mir geholfen hast und dass ich dich kennenlernen durfte! Lass Wien von mir grüßen!" Keine Liebesbekundungen kamen von seiner Seite. Nicht das kleinste Anzeichen einer glühenden Liebe. „Mach's gut!", waren seine letzten Worte, bevor er verschwand. Corinna wollte nach ihm greifen, ihn festhalten, aber er entschwand. Sie brüllte „Monty" und wurde plötzlich von allen in der Flughalle angestarrt. Der Traum war so real, dass sie doch tatsächlich Montys Namen durch die Abflughalle des New Yorker Flughafens gebrüllt hatte, sodass nahezu alle Menschen darauf aufmerksam wurden. Die Reisegruppe blickte sich dementsprechend entsetzt an. Manche machten abfällige Gesten, als sei sie verrückt. Andere wiederum lachten sie aus, nicht an. Professor Fallmann kam zu ihr und fragte nach ihrem Befinden. Corinna – sichtlich noch mitgenommen – wusste gar nicht, was sie antworten sollte. „Brauchen Sie Hilfe, Frau Kollegin?", fragte er nach. „Es geht schon!", entgegnete Corinna. „Es war nur ein Traum." Professor Fallmann entfernte sich von ihr. Nur ein Traum? Warum war er dann so real? Hatte er etwas zu bedeuten? War es eine Botschaft? Die Schlange blieb gleich lang, aber mittlerweile war schon gut die Hälfte der Reisegruppe der Universität Wien eingecheckt. Gleich sollte Corinna folgen. Die Gedanken an Monty ließen sie aber nicht los. Als sie an der Reihe war, folgte eine wahre Kurzschlussreaktion, die für die sonst weitsichtige, planende, berechenbare Corinna völlig ungewöhnlich war. Sie trat aus der Schlange heraus, schritt zu Professor Fallmann und sagte, sie wolle in New York bleiben. Der Professor war sichtlich überrascht, hatte aber keine Einwände, zumal Corinna ja volljährig war und selbst entscheiden durfte, was sie tat oder nicht tat. Ohne die Hintergründe zu erfragen, entließ Professor Fallmann, der übrigens ein äußerst beliebter und gutmütiger Universitätsprofessor war, dessen Lehrveranstaltungen immer gut besucht waren, die junge Frau ins Ungewisse. „Passen Sie auf sich auf!", waren seine letzten Worte. Die Reisegruppe entfernte sich von Corinna, nur Marianne verabschiedete sich von ihr: „Alles Gute, du verrücktes Huhn! Du kennst ja niemanden! Du wirst schon wissen, welcher Teufel dich da geritten hat. See you in Wien!" Die Gruppe entfernte sich immer weiter. Nun stand Corinna alleine da. Was sollte sie nun tun? Sie war fest entschlossen, Monty ausfindig zu machen. Vorerst aber legte sie sich auf zwei freie Sessel, um sich auszuruhen beziehungsweise dort zu übernachten. In ihren Träumen ging es selbstverständlich um Monty.

Schon zeitig in der Früh war der Trubel am Flughafen wieder enorm. Corinna erwachte, schnappte sich ihre Sachen und verließ das Flughafengelände. Im Freien angekommen, rief sie sich ein Taxi und stieg ein. Der Taxifahrer fragte sie nach ihrem Ziel, aber sie konnte ihm keine Antwort geben, da sie es nicht wusste. „Drive on!", mehr sagte sie nicht. Achselzuckend fuhr der Taxifahrer los, das Ziel war unbekannt. Corinna überlegte krampfhaft, wie sie Monty am besten ausfindig machen könnte. An das Organisieren eines Quartiers oder an Essen dachte sie nicht. Sie fragte den Fahrer, ob ihm der Name Monty Music ein Begriff sei. Dieser lachte, dass das eine große Bildungslücke sei, Monty Music nicht zu kennen. Er sei der große Musikboss New Yorks. „Where can I find him?", fragte sie euphorisch. „I will take you there!", erwiderte der Fahrer, während im Radio das Lied „Love is in the air" ertönte. Voller Vorfreude und wissend, dass sie das Richtige tat, blickte Corinna aus dem Fenster und besah das hektische Treiben New Yorks. Autos über Autos, Lärm und viele Gebäude, Menschen über Menschen. Jeder von ihnen hatte seine eigene Geschichte und das zeichnete ihn aus.

Das Taxi hielt vor einem riesigen Gebäudekomplex. Corinna bedankte sich herzlich, beglich die Rechnung und stieg aus. Es war also nicht schwirig, Monty aufzustöbern. Aber wenn er der Big Boss war, würde es sicherlich nicht so einfach sein, zu ihm vorzudringen. Bemerkenswert war, dass ihre Schüchternheit wie weggeblasen zu sein schien. Schon der Eingang wurde schwer bewacht. Corinna wurde der Einlass verwehrt. Mit dem Big Boss zu sprechen, ohne einen Termin oder einen bedeutenden Namen in der Musikwelt zu haben, war offensichtlich unmöglich. Beinahe auf Knien flehte die junge Frau, aber der Einlass wurde ihr auch weiterhin nicht gestattet. Wie Liebe doch erfinderisch machte: Corinna verzog sich aus dem Blickfeld der Türsteher. Sie entdeckte auf der Seite des Gebäudes einen Fensterputzer, der mit seinem Lift gerade zu Boden fuhr. Er verließ den Fensterputzaufzug und machte offensichtlich Pause. Corinna ergriff die Chance und bestieg das Gefährt. Am Boden der Kabine lag die Uniformjacke des Mannes. Sie streifte sich die viel zu weite Jacke über (sie sah aus wie ein Clown) und fuhr nach oben, bis in den 40. Stock. Ihr Blick schweifte an der Fassade entlang. Ein Fenster war einen Spalt breit geöffnet. Nun konnte sie mühelos in das Gebäude gelangen. Das Zimmer war zu diesem Zeitpunkt leer. Sie entledigte sich der Tarnkleidung und startete ihre Suche nach Monty. Dabei war ihr ein Orientierungsplan, der an der Wand hing, äußerst hilfreich. Man konnte ablesen, welche Abteilung in welchem Stock angesiedelt war. Und – wo auch sonst – ganz im obersten Stockwerk des Wolkenkratzers befand sich Montys Büro. Vorsichtig verließ sie den Raum, um nicht entdeckt zu werden, und stieg die Treppen in den 45. Stock hinauf. Das gesamte Stockwerk war nur für Monty und seine Bedürfnisse eingerichtet. Dementsprechend waren auch Bodyguards vor der Tür postiert. Sie verweigerten ihr den Eintritt. Flehend bat Corinna vorgelassen zu werden – sie war schon so weit gekommen, jetzt würde sie nicht aufgeben – lauthals rief sie Montys Namen, als plötzlich die Tür aufging und er vor ihr stand. „Du hier? Dich kenne ich doch!", meinte er mit ungläubiger Stimme. „Komm herein!" Corinnas Herz begann zu rasen. Wie sollte sie ihm diesen Auftritt erklären? Das Ausfindigmachen von Monty hatte sie zwar für kurze Zeit ihre Schüchternheit und Zurückhaltung vergessen lassen, aber nun bemerkte sie sehr wohl, dass sie weiche Knie bekam. Warum hatte sie wirklich diese Strapazen auf sich genommen? Was wollte sie von ihm? Monty bat Corinna, Platz zu nehmen: „Wie hast du mich gefunden?" „Das war nicht schwer. Du bist ja ein ziemlich bekannter Mann in New York. Ich musste nur einen Taxifahrer bitten, mich zu dir zu bringen." „Aber waren dir da nicht meine Aufpasser im Weg?" „Ich bin trickreich, wenn ich will." Beide mussten lachen. Corinna erzählte mit offenkundiger Naivität einer ihr in Wahrheit fremden Person viel von sich, während Monty nur zuhörte. Seine Antworten hingegen fielen eher karg aus. Trotzdem hatte Corinna ein so unglaublich gutes Gefühl in seiner Nähe. So glücklich war sie schon seit Monaten nicht mehr gewesen. Sie malte sich schon eine Zukunft mit ihm aus. Monty verhielt sich ihr gegenüber charmant und zuvorkommend, bei Weitem jedoch nicht so überschwänglich. Man merkte eindeutig die unterschiedliche Lebenserfahrung. Die Zeit verging wie im Flug und Monty unterbrach Corinnas Redeschwall. „Ich habe gleich eine wichtige Besprechung mit dem

Manager von Lady Maya. Es geht um Millionen. Ich muss dich bitten, jetzt zu gehen. Es hat mich aber sehr gefreut, dich wiederzusehen und mit dir zu plaudern." Corinna errötete, da sie sich einbildete, diesen Worten eine eindeutige Liebesbekundung zu entnehmen. „Wann sehen wir uns wieder? Tauschen wir Telefonnummern aus? Monty! Oder soll ich lieber Martin sagen?" „Das können wir. Heute, 19 Uhr, Essen in Jacques Restaurant, gleich gegenüber. Tipp ein: 03456/3827474. Sag Monty! Wie heißt du eigentlich?" Corinna blickte verdutzt drein, dass Monty sich erst jetzt nach ihrem Namen erkundigte. Aber sie hinterfragte das nicht weiter. „Corinna! Heute 19 Uhr passt gut." Sie gab ihm ihre Nummer. „Ich freu mich schon sehr auf heute Abend. Aber ich hab gar nichts Schönes anzuziehen. Bei dieser Studienreise dachte ich nicht, in den Genuss zu kommen, ein vornehmes französisches Restaurant aufsuchen zu dürfen." „Da hast du 300 Dollar. Kauf dir was Schönes." „Das kann ich nicht annehmen. Das ist doch so viel Geld." „Passt schon! Bis zum Abend! Ich gebe unten Bescheid, dass du kommst." Corinna schwebte auf Wolke sieben und glitt regelrecht die Treppen hinunter. Sie wollte den Moment auskosten, mit Monty im selben Gebäude zu sein. Ihre Gedanken fuhren Achterbahn.

Wieder im Freien entdeckte sie das Restaurant, das Monty für das Abendessen vorgeschlagen hatte. Die Vorfreude war enorm. Trotz Gewissensbissen wegen der hohen Geldsumme, die ihr Monty mitgegeben hatte, wagte sie eine Shoppingtour. Sie schlenderte an diversen Modeboutiquen vorbei. Schließlich betrat sie eine. Nur teure Markenware hing sorgfältig nach Farben sortiert an den Kleiderständern. Neben einer Verkäuferin, die gerade mit der Kassa beschäftigt war, war nur noch ein seltsames Ehepaar in dem noblen, mit rotem Samtteppich ausgelegten Geschäft: ein offensichtlich schon über 70-jähriger Mann mit einem höchstens 20-jährigen Püppchen. Sie raunzte herum, dass die Auswahl bescheiden wäre und dass so billige Waren für ihre Kategorie von Frau eine Beleidigung sei. Corinna staunte, denn für sie war das alles Neuland. Ein Kleidungsstück war exquisiter als das andere. Der Mann sagte bloß, dass er ihr alles kaufe, was sie begehre.

Corinna kam nicht darauf, Vergleiche zu ziehen. Sie hatte Geld von Monty bekommen, empfand das aber als Geste, nicht als Ausnutzen. Sie entschied sich für ein bordeauxfarbenes Kleid aus Seide, das 250 Dollar kostete, bezahlte und verließ glücklich, wenngleich auch etwas nachdenklich, das Geschäft.

Es war Abend geworden. Corinna hatte sich am Nachmittag in den Central Park begeben und über das Leben und natürlich über Monty nachgedacht. In den Gedanken der oft emotional reagierenden Studentin, hatte aber immer noch das Positive überwogen. Sie betrat das Restaurant und nahm Platz. Die Zeit verging, aber Monty kam nicht. Corinna starrte angespannt auf ihr Telefon. Die vorbeilaufenden Kellner fragten sie immer wieder, ob sie etwas bestellen wolle, aber sie verneinte stets.

Nach zwei Stunden Wartezeit wählte sie Montys Nummer, legte aber auf, noch bevor es auf der anderen Seite läutete. Ihre Schüchternheit machte ihr wieder einmal einen Strich durch die Rechnung. Bitter enttäuscht verließ sie das Nobelrestaurant und schlurfte mit gesenktem Kopf in ihrem Seidenkleid durch die lauten New Yorker Gassen. Wohin sie ging, war ihr völlig gleichgültig. Sie wusste es einfach nicht. Aufgrund der Vorfreude auf das Treffen hatte sie es versäumt, sich ein Quartier für die Nacht zu organisieren. Als sie für einen kurzen Moment den Kopf hob, erblickte sie ein halb verfallenes Gebäude, auf dem „Youth Hostel" stand. Es handelte sich um eine karg eingerichtete Jugendherberge mit wenig einladendem Ambiente in einer noch weniger einladenden Gegend. Corinna war nämlich gut eine Stunde durch die New Yorker Gassen gegangen und hatte sich von Downtown entfernt. Ohne zu bedenken, ob sie genügend Geld in der Tasche gehabt hätte, um sich ein luxuriöses Hotelzimmer leisten zu können, bat sie um ein Zimmer. Der Mann am Empfang fragte nicht weiter nach, warum eine so schön gekleidete Dame in einer so billigen Absteige nächtigen wollte. Er konnte ihrem Gesicht entnehmen, dass sie irgendetwas bitter enttäuscht haben musste. Corinna bekam ein Substandardzimmer im zweiten Stock, das außer einem Bett und einem befleckten Teppich nichts enthielt. Wirklich nichts. Sogar die Heizungsrohre verliefen außerhalb der Zimmerwände. Eine Temperaturregulierung der Heizung gab es nicht. So wurde die Nacht für Corinna, die ohnehin kein Auge zumachen konnte, zusätzlich zur Qual. Mal donnerte das Heizungsrohr, weil der Befehl zum Heizen kam, dann wiederum wurde es eiskalt, weil die Heizung abgedreht wurde. Corinna lag wach und begann erstmals zu weinen. Sie fühlte sich ganz alleine in einer riesigen Stadt. Niemand registrierte sie, niemand empfand etwas für sie, niemand dachte an sie.

Die Nacht verging schleppend, an Erholung oder Ruhe war nicht zu denken. Das Einzige, was sie wollte, war Montys Nähe. Und ausgerechnet in dem Moment, in dem sie für sich persönlich den absoluten Tiefpunkt erreichte, erhielt sie eine SMS. Es war ihre Mutter, die sich erkundigte, was mit ihr denn los sei. Corinna schreckte auf. Sie hatte ja völlig vergessen, zu Hause mitzuteilen, dass sie in den USA blieb. Schnell antwortete sie. *Mir geht es gut. Aufgrund meines Engagements während der Reise hat mich Professor Fallmann gefragt, ob ich meinen Aufenthalt etwas verlängern möchte, um an der Columbia Universität diverse Vorträge über die Stadtgeographie Wiens zu halten. Ich habe mich geschmeichelt gefühlt und sofort zugesagt. Und vor lauter Freude, aber auch wegen des Stresses, habe ich euch noch nicht informiert. Alles Liebe, ich melde mich! Corinna.* Kaum hatte sie auf Senden gedrückt, fühlte sie sich noch miserabler als vorher. Jetzt belog sie sogar schon ihre Mutter. Tief seufzend verkroch sie sich unter der Bettdecke, als das Telefon erneut ein Signal von sich gab. Corinna vermutete zunächst, dass eine Antwort von zu Hause gekommen war. Sie lag aber falsch. Monty hatte ihr eine SMS geschrieben: *Liebe Fensterkletterin! Es tut mir leid, dass ich dich gestern versetzt habe. Ich hatte einen Termin, den ich nicht verschieben konnte. Mir ist aber im Laufe der letzten Nacht klar geworden, dass ich dich gerne wiedersehen möchte. Bitte antworte mir! Martin.* Corinnas Gefühlswelt geriet erneut aus den Fugen. Sie musste schmunzeln, weil er seine Nachricht mit Martin und nicht mit Monty schloss. Sofort antwortete sie: *Treffen wir uns in einer Stunde im Central Park beim Guggenheim Museum. Ich warte auf dich, Corinna.* Sie sprang auf, wischte sich die Tränen aus dem Gesicht und ging erhobenen Hauptes auf den

Flur hinaus, um sich für die Körperpflege anzustellen. In dieser Jugendherberge musste sich nämlich das gesamte Stockwerk ein Bad und ein WC teilen. Nachdem sie fertig war, war Montys Antwort auch schon da. *Gerne!* Sie beglich ihre Rechnung und eilte in Richtung Central Park. Als Geographin war der Weg für sie ein Klacks. Zielstrebig bestieg sie die richtige U-Bahn und begab sich schnurstracks zum vereinbarten Treffpunkt. Ihr rotes Kleid trug sie immer noch, in der Hoffnung, die gestern verlorenen Momente mit Monty heute nachholen zu können.

Monty erschien adrett gekleidet und mit Pralinen. „Es tut mir unendlich leid, dich gestern versetzt zu haben. Das wollte ich wirklich nicht! Ich hoffe, du kannst mir verzeihen. In deiner Gegenwart zu sein, bedeutet mir sehr viel." Corinna strahlte. Sie wurde verlegen. Leichte Röte überzog ihre Wangen. War es die Kälte oder seine Worte? Er nahm sie in die Arme und meinte schmunzelnd: „Mal sehen, was die Zukunft für uns bereithält." Dass Monty aber ein böses Spiel mit Corinna und ihren Gefühlen spielte, das sollte die junge Österreicherin erst noch herausfinden. Ein inniger Kuss folgte dem nächsten und Corinnas Welt war wieder in Ordnung. Es war fantastisch für Corinna. Sie hatte sich richtig entschieden, in New York zu bleiben. Die Wintersonne bahnte sich ihren Weg durch die verschneiten Bäume. Lauter glückliche Menschen umgaben die beiden. Alles schien perfekt zu sein. Sie freute sich innerlich, dass ihr ihre Schüchternheit einmal nicht zum Verhängnis geworden war und dass sie scheinbar alles richtig gemacht hatte. Die beiden verbrachten einen traumhaften Tag in trauter Zweisamkeit. Die Zeit schien stehen geblieben zu sein. Die romantische Atmosphäre, die in der Luft lag, war greifbar. Am Ende des Tages schlief Corinna überglücklich in Montys Armen ein und hatte erstmals wieder eine Nacht, in der sie durchschlief. In einer traumhaft schönen Villa mitten in einem Park.

Der Kalender zeigte mittlerweile den 1. Februar an. Voller Euphorie weckte sie ihren Liebsten, der neben ihr lag. „Ich möchte mit dir zusammen sein. Für immer und ewig!" Monty murmelte etwas vor sich, was sich eher positiv anhörte. „Ich werde mein Studium in New York weiterführen. Viele Studentinnen und Studenten machen das. Sie studieren ein Jahr lang im Ausland, um Erfahrungen zu sammeln. Und so kann ich bei dir sein!" Monty reagierte neutral, aber nicht ablehnend. „Meine Limousine wird dich hinbringen und der Chauffeur wartet, bis du fertig bist. Ich habe heute sechs Termine. Wir werden uns vermutlich erst wieder am Abend sehen. Freu mich schon!" Sie küssten sich zum Abschied und Corinna machte sie sich auf den Weg, um Univ.-Prof. Dr. George Millson aufzusuchen.

An der Universität angekommen, suchte Corinna umgehend das Gespräch mit dem Lehrbeauftragten. Dieser erkannte die junge Frau allerdings nicht wieder. Sie war ihm im Zuge des Besuches der Studentengruppe nicht in Erinnerung geblieben. Sie wollte sich nach der Möglichkeit eines Auslandssemesters oder -jahres erkundigen, der Professor verwies sie jedoch an die zuständige Stelle beziehungsweise riet er Corinna, sich an die Universität Wien zu wenden. Etwas enttäuscht verließ sie sein Büro und kontaktierte sofort Wien. Dort wurde ihr von der zuständigen Abteilung mitgeteilt, dass das überhaupt kein Problem sei. Sie müsse lediglich die entsprechenden Formulare ausfüllen und abgeben. Sie habe bis Anfang Mai Zeit, ihr Ansuchen einzubringen. Corinna tat dies noch am selben Tag und übermittelte das Notwendige elektronisch. Den Laptop borgte sie sich von Montys Chauffeur aus. So war sie nun also Studentin an der Columbia Universität in New York.

Nachdem sie die Ummeldeprozedur erledigt hatte, kontaktierte sie ihre Mutter. „Hallo Mama!" „Hallo mein Schatz! Endlich meldest du dich!" „Ja, ich weiß! Passt alles?" „Ja, deswegen rufe ich an. Hör mir bitte zu und unterbrich mich nicht! Versprochen? Ich muss dir was gestehen. Ich habe dich angelogen. Ich halte keine Vorträge an der Universität. Ich habe mich in einen Musikproduzenten verliebt und bleibe bei ihm. Mein Studium geht aber weiter, mach dir keine Sorgen!" Corinnas Mutter schluckte und setzte an: „Bist du eigentlich völlig verrückt geworden? Soll das ein Scherz sein? Mich zu belügen, das halte ich gerade noch aus.

Aber wenn das, was du mir gerade gesagt hast, dein Ernst ist, dann bist du noch naiver als ich geglaubt habe. Was heißt überhaupt, du hast dich verliebt?" „Na ja, ich wurde Zeugin eines Raubüberfalls, bei dem Martin – so heißt er – das Opfer war. Ich half ihm und verliebte mich in ihn. Er ist wirklich ein Schatz und liest mir jeden Wunsch von den Augen ab. Er ist mein Traummann." „Und wenn schon? Wo willst du denn wohnen? Etwa bei ihm? Weißt du Näheres über diesen Kerl? Was macht der überhaupt?" „Er ist kein Kerl, sondern ein höchst anständiger Musikproduzent, der mitten im Leben steht. Ich werde zu ihm ziehen, damit ich immer bei ihm sein kann. Er hat eine Luxusvilla mit Angestellten." „Der kann aber keine 22 sein." „Nein, er ist 45." „Das wird ja immer schöner. Bitte sag mir nicht auch noch, dass ich Großmutter werde." „Nein, das nicht. Über Kinder haben wir noch nicht gesprochen, aber ich glaube, er möchte auch welche." „Mein Schatz, hör mir jetzt gut zu: Deine Gefühle haben deinen Verstand lahmgelegt. Kannst du dich erinnern, wie du sechs Jahre alt warst?" „Nein, warum?" „Du hast einen Teddybär von deiner Oma geschenkt bekommen und hast keinen Schritt mehr ohne ihn getan. Und nach einem Jahr hast du auf dem Volksfest einen anderen Bären gesehen. Du hast deinen so geliebten Teddy einfach vergessen." „Das ist ja schon ewig her. Was willst du mir überhaupt damit sagen?" „Mein Schatz! Du bist eine derart wankelmütige Person. Das warst du immer schon. Gepaart mit einer großen Portion Naivität ist das eine Kombination, die dir nicht erst einmal zum Verhängnis geworden ist. Beispiele zu geben, würde Stunden dauern. Hast du dir deine Entscheidung wirklich reiflich überlegt?" „Mama, er ist mein Traummann und ich gehe da sicherlich nicht naiv an die Sache heran. Ich weiß, dass er mich liebt und das beruht auf Gegenseitigkeit. Ich bin felsenfest entschlossen, den Rest meines Lebens mit ihm zu verbringen." „Hörst du dir überhaupt selbst zu? Das ist doch Irrsinn. Hast du nicht dasselbe von Martin gesagt? Und was ist passiert? Er hat dir das Herz gebrochen und du warst monatelang von der Rolle. Hast du das wirklich schon vergessen?" „Nein, das nicht. Aber Martin war ein unreifer Teenager, Monty ist ein gestandener Mann" „Ich kann es nicht glauben. Ich bin sprachlos, und das passiert äußerst selten. Also ich heiße deine Entscheidung nicht gut, werde sie aber akzeptieren müssen, da du volljährig bist und ich dir nicht mehr zu sagen habe, was du tun oder lassen sollst. Ich wünsche dir, dass du deine Entscheidung nicht bereust." „Danke Mama, ich hab dich lieb!" „Pass auf dich auf, mein Schatz!" „Mach ich, bis bald! Ich schreibe dir regelmäßig."

Corinna dachte über die Worte ihrer Mutter nach. Am Abend wollte sie es genau wissen. Sie sprach den sichtlich müden Monty direkt an. Sie wollte von ihm hören, ob er sie wirklich liebte. Dieser reagierte mit einem „Natürlich", sprach aber die magischen drei Worte nicht aus. Dennoch genügte dies Corinna, um nicht an der gemeinsamen Zukunft zu zweifeln.

Schon am nächsten Tag zog Corinna mit ihren paar Habseligkeiten, die sie auf die USA-Reise mitgenommen hatte, in Montys Luxusvilla ein. Das Glück schien perfekt. Sie überlegte Tag für Tag, was sie mit Monty alles erleben würde. Sie schmiedete genaue Zukunftspläne, in die sie ihn einweihte. So überschwänglich sie reagierte, so nüchtern betrachtete er die Situation. Er gab ihr bei Veränderungen in der Villa freie Hand, nur um sie zu beruhigen und damit nicht die Gefahr aufkam, sie könnte an seinen Absichten zweifeln. Zudem überhäufte er sie geradezu mit Geld, damit sie sich kaufen konnte, was sie wollte. Über seine Vergangenheit oder auch seine berufliche Situation sprach er herzlich wenig. Corinna wollte es aber genauer wissen und so erklärte er kurz und knapp mit grimmigem Unterton: „Nach dem Gymnasium habe ich privat mit meiner Musik- und Schauspielausbildung begonnen, die ich immer wieder unterbrochen habe. Dennoch vollends von meinem Können überzeugt, bewarb ich mich bei Rundfunk und Fernsehen. Die Österreicher sind aber ein so ignorantes Volk, das Qualität nicht erkennt. Als begnadeter Gitarrenspieler hatte ich mir zahlreiche Aufträge erwartet. Aber das stellte sich bald als Irrtum heraus. Einige Jahre hielt ich mich mit kleineren Jobs über Wasser. Bei berufsbegleitenden Seminaren war mein schauspielerisches Geschick gefragt. Zusätzlich spielte ich abends bei Bedarf in einer kleinen Bar Gitarre. Irgendwann reichte das Geld nicht mehr. Ein Freund empfahl mir eines Tages, in die USA auszuwandern, da man dort echte Kunst erkenne. Das tat ich dann im Jahr 2005 und wurde mit offenen Armen empfangen. Ich legte mir einen neuen Namen zu, und ehe ich mich versah, war ich ein in ganz New York und darüber hinaus bekannter Musikproduzent, der mit Weltstars Kontakt hat. Reicht dir das als Antwort?" Corinnas Gesichtszüge blieben neutral, da er ihr die Hintergründe schuldig blieb.

Was er ihr allerdings verschwieg, war, dass seine musikalische Karriere in Österreich dadurch nicht in Schwung kam, weil er eine Studienkollegin angeblich vergewaltigt haben sollte. Das war in den Medien präsent. Obwohl er Gegenteiliges behauptete, wurde ihm sogar sexuelle Ausbeutung von Mädchen angelastet. Der Richter verurteilte ihn zu einem Jahr Gefängnis Das färbte seine weitere Zukunft. Die einjährige Gefängnisstrafe verbüßte er. In der Justizanstalt hatte er Kontakt mit zwielichtigen Personen, die ihm Gedanken in den Kopf setzten, die er sein Leben lang in Erinnerung behalten sollte.

Im Laufe der folgenden Monate sammelte Corinna einige Erfahrungen. Sie lernte die beiden Amerikanerinnen Carrie und Margot kennen, mit denen sie einige Zeit verbrachte. Zwischen den dreien entwickelte sich eine enge Freundschaft, über die Corinna dankbar war.

Die Zeit verging. Corinna wohnte bereits ein halbes Jahr bei Monty und war immer noch bis über beide Ohren in ihn verliebt. Heute war ihr Geburtstag. Corinna war gespannt, was ihr Monty schenken würde. Aufgrund seiner Freizügigkeit in Sachen Geld erhoffte sie sich etwas Exquisites. Insgeheim wäre ihr aber etwas Kleines, Persönliches von ihm lieber gewesen. Er verließ zeitig in der Früh das Haus und gab Corinna lediglich einen Abschiedskuss. „Bin rechtzeitig zum Abendessen wieder daheim!" Corinna glaubte ihren Monty so gut zu kennen, um zu wissen, dass das eine Finte war, um sie zu verunsichern. In Wirklichkeit – so beschloss sie für sich – würde es eine große Überraschung geben.

Und die gab es dann tatsächlich: Monty kehrte gegen 18 Uhr heim und wirkte ziemlich gestresst. Corinna empfing ihn liebevoll, es prallte allerdings an ihm ab. Er erkundigte sich nach dem Essen, da er nichts rieche. „Du kannst mit deiner Täuschung aufhören. Ich weiß, dass du nur schauspielerst." Monty blickte ahnungslos in die Augen seiner Freundin. „Was ist denn?" „Mein Geburtstag, du Dummerchen! Glaubst du wirklich, dass ich dir abkaufe, dass du ihn vergessen hast?", sprach sie mit einem Lächeln im Gesicht. Dieses Lächeln fror aber in der nächsten Sekunde ein, da Monty immer noch ahnungslos dreinblickte. Er hatte tatsächlich ihren Geburtstag vergessen. Er zog sich gekonnt aus der Affäre: „Mein Schatz! Jeden Tag trage ich dich auf Händen und lese dir deine Wünsche von den Augen ab. Und warum sollte der heutige Tag da eine Ausnahme sein? Bedächtig stand er auf, schritt zu seiner Jacke und zog ein Armband aus der Tasche. „Alles Liebe!", flüsterte er und umarmte sie. Dass es sich bei diesem Armband allerdings um Diebesgut handelte, wusste Corinna selbstverständlich nicht. Sie bedankte sich und rügte ihn, dass er sie hatte zappeln lassen. Sie gestand ihm, für diese Beziehung unendlich dankbar zu sein. Ein derartiges Glück sei ihr in ihrem Leben noch nie widerfahren, glaubte sie.

Plötzlich läutete Montys Mobiltelefon. Die Melodie von „Es ist geil, ein Arschloch zu sein!" durchdrang die Villa. Er verzog sich in sein Arbeitszimmer und ließ Corinna kommentarlos im Wohnzimmer stehen. Die naive Corinna vermutete hinter dem Telefonat eine weitere Überraschung anlässlich ihres Geburtstages. Sie hielt die Spannung nicht aus und schlich zu Montys Arbeitszimmer, um ihn zu belauschen. „20.000 Dollar! Nein! Das muss es dir wert sein! Die andere ist weg! Was soll das heißen: Schlechte Puppe? Pass auf! Wenn ich dir sage, dass das Mäuschen 20.000 Dollar wert ist, dann meine ich das so! Na, geht doch! Also, wir treffen uns in einer Stunde am Gelände der stillgelegten Deveter-Fabrik, um die Übergabe durchzuführen. Kapiert?!" Er legte auf. Corinnas Misstrauen war geweckt. Sie eilte zurück ins Wohnzimmer, um Monty zu empfangen. Unter dem Vorwand, nichts zu wissen, fragte sie: „Wo gehen wir denn heute noch hin?" Monty antwortete kalt: „Nirgends gehen wir hin. Ich habe noch ein Geschäft in der Stadt zu erledigen, du bleibst zu Hause und kochst mir das Essen. Das ist deine Pflicht als meine Partnerin." Ohne sich ihre Ängste anmerken zu lassen, nickte sie und schaffte es sogar zu lächeln. Das Läuten an der Tür verhinderte, dass Corinna die Fassung verlor. Monty öffnete und zwei eher zwielichtig ausschauende Männer betraten die Villa. Der eine war sehr groß und schlank, trug eine Lederjacke und hatte eine auffallend große Tätowierung an seinem Hals. Der andere war klein und gedrungen und hatte eine Halbglatze. Sein Markenzeichen war eine große Narbe auf der rechten Wange. Corinna betrachtete das Geschehen aus sicherer Entfernung, sie konnte aber alles genau erkennen und lauschte angespannt. Viel gab es allerdings nicht zu hören, denn die drei Männer sparten mit ihren Aussagen. Corinna hatte den kleineren der beiden schon einmal gesehen. Der größere Mann war ihr gänzlich fremd. Corinna überlegte und reflektierte die vergangenen sechs Monate in Montys Haus: Es kam durchaus öfter vor, dass Männer den Weg zur Villa fanden. Eigentlich machte keiner von ihnen einen wirklich seriösen Eindruck. Corinna begnügte sich allerdings immer mit der Antwort, dass es Geschäftsmänner seien. Und Corinna hinterfragte nicht, wie „Musikmenschen" auszusehen haben. Wenn Monty die Männer zum Abendessen einlud, durfte Corinna dieses zubereiten. Dabei kam es nicht selten vor, dass ihr die Männer einen Klaps auf den Hintern gaben oder sie mit ihren Blicken auszogen. Corinna war beim ersten Mal überrascht, Monty aber beruhigte sie und gab vor, die Herren zu maßregeln. Er machte Corinna außerdem weis, dass sie die schönste Frau auf der Welt sei und dass das alle anderen Männer einfach nicht übersehen könnten. Zudem endeten manche Aussagen der Männer interessanterweise immer genau in jenem Moment, in dem Corinna den Raum betrat. Die Sätze wurden einfach nicht zu Ende gesprochen. Corinna vernahm hauptsächlich Gespräche, in denen es um das Thema Musik ging.

Monty verabschiedete sich von Corinna und fuhr mit den beiden Männern weg. Sie erschienen mit einer Luxuskarosse der Marke Chrysler. Corinna war einerseits etwas verunsichert, andererseits sehr neugierig. Daher entschloss sie sich, Montys Wagen zu nehmen, um ihnen zu folgen. Monty gab viel auf die Pflege seines Wagens. Jeder kleine Kratzer brachte ihn auf die Palme. Daher war es Corinna eigentlich strengstens verboten, Montys Auto zu steuern. Anlässlich ihres Geburtstages ignorierte sie das allerdings und machte sich schnurstracks auf zur Deveter-Fabrik. Es war angesichts der Jahreszeit schon dunkel. Durch den sternenklaren Himmel fiel die Temperatur auf fünf Grad unter null. Corinna hatte während der Autofahrt ein Gefühl, das sich nicht wirklich einordnen ließ. Es war eine Mischung aus Spannung, Nervosität, Vorsicht, Neugier und Mitleid.

Nachdem sie an der stillgelegten Fabrik angekommen war, parkte sie den Wagen in sicherer Entfernung. Der Chrysler war aber gut zu erkennen. Trotz der Kälte standen Monty, der Große und der Kleine im Freien und rauchten. Sie schienen auf irgendjemanden zu warten. Ein großer Geländewagen bog in die Straße ein und hielt. Zwei Männer, die ebenso zwielichtig aussahen wie Montys Begleiter, stiegen aus. Der eine hatte einen Koffer bei sich. Die Männer begrüßten einander distanziert, aber doch freundlich. Corinna schlich näher, um hören zu können, was gesprochen wurde. Sie versteckte sich hinter zwei Müllcontainern, war dadurch aber ganz nah am Geschehen. Und was nun folgte, erschütterte Corinnas Welt. Der Kleine öffnete die Autotür: „Komm heraus!" Eine leicht bekleidete Frau, die kaum älter als 18 Jahre zu sein schien, stieg völlig verschüchtert aus dem Wagen. Sie zitterte am ganzen Körper und das nicht nur wegen der Kälte. Der Kleine hielt sie am Oberarm und zerrte sie in Richtung der anderen Männer. Diese begutachteten sie kritisch und entgegneten: „Very nice!" Der eine Mann kommentierte, dass Monty am Telefon keinesfalls gelogen habe und das Mäuschen das Geld offensichtlich wert sei. Monty nahm den Geldkoffer entgegen und öffnete ihn. Zahlreiche Dollarnoten kamen zum Vorschein. Monty schloss den Koffer wieder, verabschiedete sich mit seinen beiden Helfern von den anderen Männern und alle stiegen in ihre Fahrzeuge. Corinna verstand allmählich, was hier gespielt wurde. Entsetzt und völlig überfordert mit der Situation sank sie zu Boden und begriff, dass es hier um Menschenhandel gehen musste. Ihr Monty war ein Zuhälter, der Frauen beschaffte und sich diese teuer bezahlen ließ. Mit so etwas hatte Corinna nicht rechnen können. Plötzlich ergaben die mysteriösen Herrenbesuche und die eigenartige Tischkonversation bei ihnen zu Hause einen Sinn. Monty war nach außen hin der saubere Musikproduzent, der sich einen Namen gemacht hatte. In Wirklichkeit war er aber ein mieser Zuhälter. Davon durfte natürlich niemand etwas erfahren, da das seinem Ansehen derart schaden würde, dass es mit Sicherheit den beruflichen Ruin bedeutet hätte.

Die Zeit verstrich und Corinna merkte gar nicht, dass mittlerweile zehn Minuten vergangen waren. Aus ihrer Trance aufwachend, eilte sie zu Montys Wagen und machte sich auf den Nachhauseweg, damit er keinen Verdacht schöpfte. Die drei Männer durften einen Umweg genommen haben, denn Corinna war vor Monty zu Hause, parkte den Wagen sauber in der Garage und betrat das Luxushaus. Sie fühlte sich plötzlich gar nicht mehr wohl in diesem Haus, da sie der Ansicht war, alles sei mit schmutzigem Geld bezahlt worden. Jede Vase, jedes Bild, jeder Stuhl, einfach alles hatte auf einmal eine Schmutzschicht, die nicht abzuwaschen war.

Corinna erschrak, denn es läutete an der Tür. Zunächst blieb sie stehen und wollte nicht öffnen, entschied sich, wenn auch zaghaft, dann doch dazu. Vor ihr stand ein junger Mann lateinamerikanischer Abstammung mit einem großen Blumenbouquet. Monty hatte einen Kurier beauftragt, Corinna rote Rosen zu überbringen. Es war auch eine Karte dabei, worauf stand: *Du bist das Beste, was mir je passiert ist. Ich genieße jeden Tag mit dir. Auch wenn ich dir das nicht immer zeige, so sei dir versichert, dass es so ist. Bitte komm zu mir! Ich erwarte dich im Restaurant Sky, ein romantisches Lokal über den Dächern von New York. Ich liebe dich! Jede Rose steht für einen Kuss. Dein Martin!*

Nun war das Gefühlschaos perfekt. Nach dem, was sie heute erlebt hatte, wusste sie weder ein noch aus. Vielleicht hatte sie die Situation auch missverstanden? Monty war immer gut zu ihr und sie durfte sich eigentlich nicht beklagen. Das meinte sie jedenfalls. Sie ging die Treppen hinauf, um zum Schlafzimmer zu gelangen. Mit gesenktem Blick stand sie vor dem Spiegel und überlegte. Tausend Gedanken schossen ihr durch den Kopf. Dass sie beispielsweise ihre Freundinnen Margot und Carrie schon seit geraumer Zeit nicht mehr gesehen hatte, und dass sie ihr Leben Monty und dessen Bedürfnissen unterordnete, verstörte sie etwas. Da sie an die Liebe zu ihm aber trotz allem immer noch glaubte, entschied sie sich heute für Montys Lieblingsoutfit und die Gedanken an die Freundinnen und das Studium traten wieder weit in den Hintergrund. Sie verließ umgehend das Haus. Um nicht mit Monty in Streit zu geraten, bestellte sie ein Taxi, das sie zum Treffpunkt bringen sollte. Während der Fahrt schwelgte sie in Erinnerungen. Ihre Gedanken schweiften zwischen ihrem Geographiestudium und dem, was sie dort über US-amerikanische Städte gelernt hatte, und ihrer derzeitigen misslichen Lage hin und her.

Beim französischen Restaurant angekommen, betrat sie das Lokal. Sie musste sich zwingen, zu lächeln. Sie wollte sich nicht anmerken lassen, dass sie etwas von Montys Machenschaften mitbekommen hatte. Neben Monty saßen links der Kleine, rechts der Große. Sie grinsten Corinna an, diese versuchte aber den beiden nicht in die Augen zu blicken. Artig grüßte sie, fixierte aber Monty. Dieser küsste sie und gab durch sein Gehabe zu verstehen, dass er sich sehr freute, dass Corinna anwesend war. Sofort bestellte er die teuerste Flasche Champagner. Corinna staunte. Monty aber sagte: „Anlässlich eines solchen Tages darf man sich ruhig einmal etwas gönnen." Corinna trank behutsam und fühlte sich in Gegenwart der anderen Männer sichtlich unwohl. „Bist du mir eigentlich dankbar?" Corinna verstand nicht, worauf Monty anspielte: „Was meinst du?" „Na ja, bist du mir nicht dankbar dafür, dass ich dir so ein Leben gezeigt habe? Diese Villa mit Swimmingpool, die vielen Geschenke und jeden Wunsch, den ich dir von den Augen abgelesen habe", fuhr er fort. Corinna nickte, wusste in dieser Situation aber nicht die passenden Worte zu wählen. „Bestell dir, was du willst, mein Schatz!" Corinna schaute in die Karte und bestellte nur eine Kleinigkeit.

Nach dem Essen sprach Monty: „Ich habe noch eine Überraschung für dich. Bist du schon gespannt?" Es war schwer zu erklären, aber Corinna verdrängte das Geschehene immer stärker und hatte einen Anflug von Strahlen im Gesicht. „Ja! Spann mich nicht so auf die Folter!" „Dazu müssen wir zwei Lokale weitergehen." Monty legte 2.000 Dollar auf den Bartresen und das Quartett verschwand.

Draußen herrschten arktische Temperaturen, also wollten sie so schnell wie möglich das nächste Lokal erreichen. Über dem Eingang stand „Hot time" und die Buchstaben leuchteten in einem grellen Rot. Am Eingang standen zwei Schränke von Männern, einer muskulöser als der andere. In dem Moment, in dem sie hineingehen wollten, rief eine Stimme: „Corinna! Hey!" Corinna drehte sich um und erblickte Carrie. Es reichte gerade einmal zu einem „Hey!", denn sie wurde gedrängt, das Lokal zu betreten. So konnte sie das dringend benötigte Gespräch mit einer guten Freundin wieder vergessen. Drinnen glich das Ambiente einem Amüsieretablissement, wie man es sich vorstellte. Einige Tische mit roten Vorhängen dazwischen waren am Rand platziert, sodass man ungestört sein konnte. In der Mitte war eine Bühne mit einer Tanzstange in der Mitte. Der Zigarettenrauch hing tief, sodass man die Barkeeper kaum erkennen konnte. Corinna fragte: „Was wollen wir hier?" Kaum hatte sie das gesagt, erblickte sie zu ihrem Entsetzen zwei Männer, die den beiden vom heutigen Abend vor der Deveter-Fabrik aufs Haar glichen. Die fünf Männer begrüßten einander und nahmen an einem Tisch Platz. Corinna wurde in die Mitte gesetzt, im Arm gehalten von Monty. Es wurde wieder eifrig bestellt, als gäbe es kein Morgen mehr und als würde Geld keine Rolle spielen. So trank auch Corinna etwas über ihren Durst und bekam so gar nicht mit, dass alle Angestellten Monty offensichtlich gut kannten. Nach etwa einer Stunde, in der Small Talk geführt wurde und in der einige Mädchen auf der Bühne einen Striptease für das männliche Publikum veranstalteten, schlug Monty mit einer Gabel – inzwischen wurde nämlich auch Kaviar in rauen Mengen bestellt – gegen ein Champagnerglas. Die Musik wurde leiser, alle Anwesenden starrten auf ihn. Er sprach voller

Stolz: „Dear all! I would like to say a few words to you. I love this woman and she loves me. And she loves me from the bottom of her heart. And so she is going to dance for us. Isn't that a happy moment?" Die Anwesenden klatschten und Corinna war im ersten Moment gerührt über die Liebesbekundung und begriff so erst einige Augenblicke danach, was Monty von ihr wollte. Sie sollte für ihn strippen. Wie in Trance und aufgrund der zugeführten Menge an Alkohol und bewusstseinsverändernden Rauschmitteln beging sie tatsächlich diesen folgenschweren Fehler und zog sich aus. Die Bewegungen an der Stripstange waren zwar eher unbeholfen, dem männlichen Publikum schien es aber dennoch zu gefallen. Sie johlten und grölten und verlangten nach mehr. Monty rief ihr zu, sie solle lächeln und dass er stolz auf sie sei und sie liebe. Nach etwa drei Minuten war die Show auch schon wieder beendet und Corinna verhüllte ihren nackten Körper mit zusammengeknüllten Kleidungsstücken. Nachdem sie sich angezogen hatte, küsste sie Monty freudig. Die Männer um die beiden herum nickten wissend. Corinna bat Monty nun, nach Hause zu fahren. Dieser willigte ein und flüsterte ihr ins Ohr, dass diese unvergessliche Nacht noch nicht beendet sei. Er verabschiedete sich von den geheimnisvollen Männern, die ihm ein freundliches Nicken erwiderten, und verließ mit seiner Corinna das Etablissement.

Zu Hause angekommen, war Corinna völlig mit den Nerven am Ende. So hatte sie sich ihren Geburtstag irgendwie nicht vorgestellt. Sie durfte nicht mit Carrie reden und war in einer zwielichtigen Gegend mit zwielichtigen Gestalten unterwegs gewesen. Konnte es das wirklich sein? Monty allerdings hatte noch nicht genug. Die Situation im Striplokal hatte ihn so sehr erregt, dass er körperliche Zuneigung von Corinna erwartete. Diese verweigerte nicht und ließ es im wahrsten Sinne des Wortes über sich ergehen. Sie war mit den Gedanken anderswo.

Am nächsten Morgen wachte sie mit rasendem Kopfweh auf und wollte von Monty eine Erklärung für den vergangenen Abend haben. Dieser aber hörte den Schmerz aus Corinnas Worten nicht, sondern war voller Stolz. „Jetzt wissen alle, was für ein steiler Zahn du bist und ihr Neid ist noch größer!" Corinna wollte ihm klarmachen, dass es ihr dabei nicht gut gegangen war, er aber ignorierte das gekonnt. Monty verließ – wie jeden Morgen – daraufhin das Haus, wohl wissend, dass er Corinnas Willen teilweise gebrochen hatte.

So verging die Zeit bis Weihnachten. Corinna wurde von Monty noch zu drei „Auftritten" dieser Art genötigt, indem er sie immer wieder und regelmäßig unter Drogen setzte. Sie sah die Welt wie durch einen dicken Nebelschleier, glaubte immer noch an die Liebe zu Monty und versuchte, alles richtig zu machen. Es war ein Tag vor Weihnachten und Corinna war einem Nervenzusammenbruch nahe. Der letzte Monat hatte sie derart mitgenommen, dass sie die ohnehin spärlich gesäten Sozialkontakte gänzlich abgebrochen hatte und nur noch zu Hause saß. Carrie und Margot blieben ihr zwar im Gedächtnis, aber die Freude auf ein Treffen blieb aus. Die beiden hatten erst vor Kurzem versucht, Corinna telefonisch zu erreichen und wollten sie zu einem Mädelsabend überreden. Corinna hob aber weder ab noch rief sie zurück. Ihr körperlicher Verfall war mit bloßem Auge zu erkennen. Allmählich dämmerte ihr, dass sie nur ausgenutzt wurde. Sie fühlte in sich eine Leere. Ihr fehlte ihre Familie, vor allem ihre Mutter. So griff sie zum Telefon und rief zu Hause an. „Hallo, mein Schatz! Ich habe seit deinem Geburtstag nichts mehr von dir gehört. Wie geht's dir?", erklang die fröhliche Stimme der Mutter. „Ganz gut!", kam als Antwort. Ihre Mutter merkte, dass etwas nicht in Ordnung war und bohrte nach: „Irgendetwas stimmt nicht, das höre ich eindeutig. Raus mit der Sprache!" Nur mit größter Mühe schaffte es Corinna, ihre Tränen zurückzuhalten und eine Lüge über ihre Lippen zu bringen: „Ich komme demnächst heim, Mama. Das Semester habe ich abgeschlossen und allmählich bekomme ich Sehnsucht nach Zuhause. Ich vermisse meine gewohnte Umgebung, dich und meine Freundinnen." „Was ist denn aus deiner großen Liebe geworden? Kommt Martin – oder wie heißt er genau – auch mit?" „Nein, wir werden uns trennen. Der Altersunterschied ist wohl doch zu groß. Du hattest recht.

Aber man muss im Leben selbstständig Entscheidungen treffen, um zu lernen. Ich muss meinen eigenen Weg finden." Corinna legte auf, obwohl ihr ihre Mutter noch so vieles mitteilen wollte. Corinna sank zu Boden und begann bitterlich zu weinen. Sie verstand die Welt nicht mehr.

Als Monty nach Hause kam, wischte sie sich rasch ihre Tränen ab und servierte ihm das Essen. Ihr war klar, eine Flucht zurück nach Österreich war nur mit gültigem Reisepass möglich, den ihr Monty aber abgenommen und in seinen Tresor gesperrt hatte. Corinna kannte die Kombination nicht. Und obwohl ihr mittlerweile jeder Winkel der Villa vertraut war, gelang es ihr nicht, eine Notiz zu finden, auf der die Nummer vermerkt gewesen wäre. Corinna musste es einfach schaffen, aus diesem Albtraum zu fliehen. Um ihre Nervosität zu verbergen, begann sie aufzuräumen.

Monty aß gedankenverloren und würdigte weder Corinna noch ihre Arbeit eines Blickes. Er stand auf und begab sich in sein Arbeitszimmer. Das war Corinnas Chance. Sie folgte ihm und fand ihn vor dem Tresor stehend. Sein Gesichtsausdruck war angestrengt und nachdenklich, das dürfte mit seiner Unfähigkeit, sich Ziffern zu merken, zusammenhängen, so hoffte Corinna jedenfalls, und sie sollte recht behalten, er tat plötzlich etwas, das Corinna eigenartig und verblüffend anmutete: Er nahm seine goldfarbene Rolex ab, starrte auf die Gravur und tippte den Code ein. Der Safe öffnete sich. Noch bevor Monty sich umdrehte, verschwand Corinna schnell in der Küche.

Nach einer Weile kam Monty zurück und meinte mürrisch, er müsse noch einmal kurz weg. Corinna gab ihm einen Kuss, obwohl es ihr dabei fast den Magen umdrehte, aber er durfte nichts von ihren echten Gefühlen bemerken. Nachdem Monty das Haus verlassen hatte, rief sie eine ihrer Studienkolleginnen, Margot, an und bat darum, dass sie ihr ein Flugticket beschaffen und den nächstmöglichen Flug nach Wien buchen sollte. Die Übergabe des Tickets sollte direkt am Flughafen über die Bühne gehen. „Schreib mir bitte eine kurze SMS, wann ich am Flughafen zu sein hab, Margot!" Mit diesen Worten schloss Corinna das Telefonat. Ihre Freundin war zwar sehr verwundert, dass Corinna nur so kurz angebunden war, hinterfragte es allerdings nicht weiter und half ihr. Während Corinna sehnsüchtig auf die SMS wartete, kehrte Monty zurück. Es handelte sich offenbar tatsächlich nur um ein kurzes Geschäft. Ein sichtlich müder Monty wollte sich einfach nur noch ins Bett legen. An Sex wollte er heute ausnahmsweise einmal nicht mehr denken. Es dauerte nicht lange, bis er einschlief. Corinnas Fehlen an seiner Seite nahm er nicht wirklich wahr. Und das war die Chance für sie, seine Armbanduhr zu entwenden und den Reisepass zu holen. Auf Zehenspitzen schlich sie in Montys Arbeitszimmer, das – Gott sei Dank – einige Räume vom Schlafzimmer entfernt lag. Sie drehte die Uhr um und erblickte die Zahl 1913. Da wurde sie sentimental, denn das war das Geburtsjahr ihrer Großmutter. „Keine Zeit für Tränen!", dachte sie. „Ich muss den Pass holen und er darf es nicht merken!" Sie nahm das Dokument an sich, schloss den Safe wieder und ging zu ihrer Handtasche, die im Bad war, um den Pass sicher zu verstauen. Ihr blieb das Herz fast stehen, da sich genau in diesem Moment ihr Handy meldete und der Klingelton der SMS zu hören war. Ihr Herz pochte, sie musste sich aber schnell wieder fangen. Sie las die SMS und freute sich, dass unerwartet schon morgen am Abend ein Platz für sie frei war. Damit hatte sie wirklich nicht gerechnet. Freudig ging sie zu Bett und schlief mit dem guten Gewissen ein, morgen endlich wieder frei zu sein.

 Corinnas letzter Tag in den USA brach an. Sie freute sich nach außen hin über ihre Abreise. Tief in ihrem Inneren spürte sie nicht nur Enttäuschung und Zorn, sondern auch Angst. Und gerade dieses Gefühl der Angst verunsicherte sie. Corinna holte aus ihrer Handtasche den Reisepass und verstaute ihn in der hinteren Hosentasche. Jetzt fühlte sie sich ein wenig besser. Sie überlegte, wie sie Monty begegnen sollte. Sie entschied sich, Monty kein Frühstück mehr zu machen. Es war 7.30 Uhr und ihr Flug ging um 12.00 Uhr. Also hätte sie ohnehin nicht mehr viel Zeit, um in der Villa zu bleiben. Monty stand immer kurz nach halb acht Uhr auf und bis dahin musste Corinna eine Entscheidung gefällt haben. Sie packte ein paar Habseligkeiten – bei Weitem aber nicht alles – in eine Tasche und diese stellte sie in den Wandschrank im Vorzimmer. In ihrer Nervosität wollte sie eine vertraute Stimme hören und rief Margot an: „Es ist alles in Ordnung. Ich bin einfach fürchterlich aufgeregt und heilfroh, wenn dieser Albtraum endlich vorbei ist. Wie konnte ich mich so blenden lassen? Ich bin auf einen schäbigen Zuhälter hereingefallen. Nun, es lässt sich nicht mehr ändern. Bis morgen. Danke für alles." Sie hatte alle Vorsicht vergessen und die nahenden Schritte nicht wahrgenommen. Plötzlich stand er neben ihr. „Mit wem hast du Schlampe gesprochen?", drangen seine barschen Worte in ihre Ohren. „Zuhälter nennst du mich? Ich sage, wann Schluss ist. Und mit uns, das fängt jetzt gerade erst an. Ich war immer zu gut zu dir." Zornesröte stieg in sein Gesicht. Er ballte die Fäuste und schlug Corinna in den Magen. Corinna sank zu Boden und begann verzweifelt zu schreien: „Ich habe so lange an uns beide und an unsere gemeinsame Zukunft geglaubt! Ich habe dich von ganzem Herzen geliebt, zu dir gehalten! Mein Fehler war, dasselbe auch von dir zu erwarten. Monty zeigte nun endgültig sein wahres Gesicht und erwiderte: „Du kleine Schlampe. Glaubst du wirklich, dass ich dich jemals geliebt habe?" Seine Fäuste prasselten erbarmungslos auf ihren Körper nieder. Jeder Schlag vertrieb das letzte bisschen Gefühl der Zuneigung, bis nur noch mehr ein nicht enden wollender Schmerz übrig blieb. Corinna konnte nicht sagen, ob der physische oder der psychische Schmerz schlimmer war. Sie schloss einfach die Augen und ließ sich in ihren Schmerz hineinfallen, bis es ihr gelang, sich so weit in ihr Innerstes zurückzuziehen, dass sie nur mehr dalag. Dieser Zustand sollte ihr das Leben retten, denn Monty ließ endlich von ihr ab. Er schleppte sie ins Schlafzimmer und versperrte die Tür.

Starr vor Angst, zerbrochen wie eine Puppe, lag sie da, hörte auf das Pochen ihres Herzens. Und da war plötzlich der leise Drang zu überleben: Vorsichtig bewegte sie Arme und Beine, alles funktionierte. Sie stand langsam auf, ging zur Tür und lauschte. Draußen war alles still. Aus dem Garten drang das Zuschlagen einer Autotür an ihr Ohr. Einbildung? Ein kurzer Blick aus dem Fenster, und sie sah gerade noch, wie Monty mit dem Auto die Parkallee hinunterraste.

Corinna spürte einen Druck im Magen, ihr Herz schlug schneller. Übelkeit drohte sie zu übermannen. „Konzentriere dich", befahl sie. „Du darfst jetzt nicht schlapp machen!" Eilig kontrollierte sie, ob ihr Handy und der Reisepass noch in der Hosentasche ihrer Jeans steckten. Tatsächlich! Monty hatte sie in seiner Wut nicht entdeckt. Zittrig wählte sie die Telefonnummer von Margot und bat sie, früher am Flughafen zu sein. Energisch und voll Zuversicht ging sie zum Fenster und öffnete es. Beim Abschätzen der Höhe verließ sie kurz der Mut. „Du hast nicht mehr viel Zeit", hörte sie eine innere Stimme in sich. „Spring! Spring endlich!" Sie tat es. Die Tasche, die sie gepackt hatte, stand noch im Kasten auf dem Flur, sie brauchte sie nicht.

Im Schutz der Sträucher gelangte sie zum Zaun des Grundstückes. Weit und breit war niemand zu sehen. Unter Aufwendung all ihrer Kräfte überwand sie auch dieses Hindernis, obwohl ihr jeder Knochen wehtat. Auf der Straße angekommen lief und lief sie, jeder Schritt brachte sie der Freiheit ein Stück näher. „Du wirst es schaffen. Du schaffst es", hörte sie wieder die innere Stimme. Nachdem sie einen kleinen Park erreicht hatte, rief sie ein Taxi und fuhr zum Flughafen. Am Zielort entdeckte sie Margot schon im Eingangsbereich. Corinna stürmte auf sie zu und fiel ihr weinend um den Hals. Margot konnte das Entsetzen über das Aussehen ihrer Freundin kaum verbergen, obwohl Monty beim Zuschlagen das Gesicht verschont hatte, um den Wert seiner Ware nicht zu verringern. Dennoch erkannte Margot sofort, in welch schlimmem Zustand ihre Freundin war. Die beiden zogen sich in den hintersten Winkel des Flughafengebäudes zurück, um ja nicht entdeckt zu werden. Die Angst saß Corinna in allen Gliedern.

Langsam und immer wieder von Weinkrämpfen unterbrochen, erzählte Corinna Margot alles, was sie seit der Beziehung mit Monty erlebt hatte. Als ihre Flugnummer aufgerufen wurde, versprachen sich die zwei Frauen, die das Leben zusammengeführt hatte und die durch die Ereignisse für immer verbunden waren, ewige Freundschaft. Räumliche Trennung spielt in solchen Fällen eine untergeordnete Rolle.

Als das Flugzeug abhob und die Stadt unter ihr immer kleiner wurde, dachte Corinna über all das Erlebte nach, ihr Leben spulte sich wie ein Film vor ihren Augen ab. Sie hatte eine glückliche Kindheit gehabt, sie war zu einer selbstsicheren, fröhlichen, dynamischen jungen Frau herangewachsen. Wie konnte ihr so etwas nur passieren? Wie konnte sie sich so täuschen?

Ihre Seele lag in Scherben, aber irgendwo hinter diesem Scherbenhaufen gab es noch das fröhliche Mädchen, die lebenslustige junge Frau. Sie war nicht nur auf dem Weg nach Hause, sie war auch auf dem Weg zu ihrem Selbst. Sie wusste, es würde ein weiter Weg sein und er hatte gerade erst begonnen.

„Wer einmal sich selbst gefunden hat, kann nichts auf dieser Welt mehr verlieren." (Stefan Zweig)

In Wien angekommen fuhr sie mit einem Taxi zum Haus ihrer Mutter, von der sie überschwänglich begrüßt wurde. Martha konnte gar nicht glauben, dass Corinna wieder zu Hause war. Ihr mütterlicher Instinkt sagte ihr: Ihre Kleine hatte sich verändert. Sie war nicht mehr dieselbe. Sie löcherte ihre Tochter mit Fragen. Aber statt Antworten entschuldigte sich Corinna und machte sich auf den Weg in ihre kleine Wohnung. Sie wollte nur noch alleine sein. Ohne Zukunftspläne, gezeichnet von der Enttäuschung, die sie erlebt hatte, igelte sich die junge Frau in ihrem Zimmer ein. Was war das nur für eine Welt? Wie konnten Menschen nur so grausam sein? Der Aufenthalt in Amerika hatte ihr die Erkenntnis gebracht, niemandem mehr zu vertrauen, niemandem mehr zu glauben, auf nichts mehr zu hoffen. Und dennoch:

„Lass dir nicht von einer einzigen Wolke die Sicht auf den Himmel verstellen." (Anais Nin)

Vierter Teil

2015
Corinna

Corinna wartete im Café gegenüber. Sie wartete auf Gabriel. Es war ein Leichtes gewesen, seine Adresse ausfindig zu machen. Schließlich war ihre Mutter erfreut, wenn Corinna auf Besuch kam, mit ihr Kaffee trank und plauderte. Ohne dass ihre Mutter Verdacht schöpfte, wusste sie bereits nach einer halben Stunde, wo deren ehemaliger Freund wohnte.

Stunde um Stunde verging. Nichts. Corinna nahm die Schachtel zur Hand und sah sich die Fotos immer und immer wieder an. War es richtig, hier zu sein? Durfte sie sich in Angelegenheiten einmischen, die sie eigentlich nichts angingen? Welche Ambitionen hatte sie wirklich? Was wollte sie in Erfahrung bringen? Ob die wahre Liebe nur ein Märchen war? Ob es sie tatsächlich gab? Wie würde der fremde Mann reagieren? Fragen. Fragen. Fragen.

Und keine Antworten. Corinna war verunsichert. Sie packte die Bilder ein, rief nach der Kellnerin, bezahlte und verließ fast fluchtartig das Lokal. Auf dem Weg zu ihrem Auto stieß sie beinahe mit einem Passanten zusammen. Die Schachtel entglitt ihren Händen und der Inhalt landete auf dem schmutzigen Gehsteig. Der Fremde blieb stehen, beugte sich hinunter, um Corinna beim Einsammeln zu helfen. Sie würdigte ihn keines Blickes, murmelte ein leises Dankeschön. Da fiel ihr plötzlich auf, dass der Mann wie angewurzelt in der gebückten Haltung verharrte. Jegliche Farbe war aus seinem Gesicht gewichen. Er nahm ein Foto. Starrte es an. Seine Hände begannen zu zittern. Erst jetzt fiel es Corinna wie Schuppen von den Augen. Gabriel. Es war Gabriel. Unbehagliches Schweigen lag in der Luft. Corinna sah Gabriel an. Und wandte den Blick nicht von ihm ab. Nun begann auch sie zu zittern. „Ich, ich wollte …" Sie rang nach den richtigen Worten. Allmählich gewann sie ihre Fassung wieder. „Ich habe auf Sie gewartet."

Langsam erhob sich Gabriel. Schweigen. Unerträgliche Stille. Stockend sagte er: „Sie sind mir eine Erklärung schuldig." Das

Sprechen fiel ihm sichtlich schwer. Corinna konnte seine Betroffenheit förmlich spüren. Sie fühlte sich unwohl. Bereute es bereits, in sein Leben eingedrungen zu sein. „Ich bin die Tochter von Martha. Corinna."

Die beiden saßen im Café. Über den Tisch hinweg sah Gabriel Corinna an und suchte nach Anzeichen von Unaufrichtigkeit in ihren wachen Augen. Er fand keine. Sie versuchte zu lachen, die Situation zu entspannen, aber unter der Intensität seines Blickes blieb ihr das Lachen in der Kehle stecken. Nervös hob sie eine Hand zum Gesicht, senkte sie wieder, griff nach dem Kaffeelöffel und rührte zum x-ten Male in der vor ihr stehenden Tasse. Die Geschichte, die Corinna ihm erzählt hatte, durfte der Wahrheit entsprechen. Dabei ging es ihm nicht darum, wie sie zu den Fotos und den Briefen, die ihm so vertraut waren, gelangt war, sondern um ihre Intention, ihm seinen Besitz zurückzugeben. Anfänglich dachte Gabriel, ihre Mutter habe sie geschickt. Doch Martha hatte keine Ahnung von Corinnas Vorhaben gehabt. Hegte keinen Verdacht. Die junge Frau, die ihm gegenüber saß, wollte wirklich nur wissen, ob es die große Liebe im Leben eines Menschen gab. Sie musste eine schlimme Enttäuschung hinter sich haben. Das war offensichtlich. Gabriel bohrte nicht nach. Wenn sie erzählen wollte, würde sie das ohne Umschweife tun. So begann er zu erzählen.

„Hanna ist meine große Liebe. Ich habe mich schon hoffnungslos in sie verliebt, bevor wir uns das erste Mal begegneten. Wie es schließlich zur Trennung kam, kann ich jetzt im Nachhinein selber nicht verstehen. Irgendwann begann ich, an unserer gemeinsamen Zukunft zu zweifeln. Und genau zu diesem Zeitpunkt lernte ich deine Mutter kennen. Ich mag sie noch sehr, doch wenn man im Leben einmal so tief gehend lieben durfte, ist es sehr schwierig, unbefangen in der Gegenwart zu leben und sich auf die Zukunft zu freuen. Eine Zeit lang gelingt es, aber die Vergangenheit holt einen unweigerlich ein. Immer und immer wieder. Tief in meinem Innersten wusste ich genau, wohin ich gehörte, aber ich war hin- und hergerissen zwischen Liebe und Vernunft. Schließlich wurde mir klar, ich muss gehen. Ich muss meinen eigenen Weg gehen und finden. Die Entscheidungen, die wir treffen, bestimmen, was für ein Leben wir führen. Und sich Zufriedenheit und Glück vorzugaukeln, die nur oberflächlich existieren, ist mit Sicherheit der falsche Weg. Manchmal braucht es ziemlich viel Mut, vor allem wenn die Menschen rundherum dich für einen gewagten Schritt in die andere Richtung für verrückt erklären. Wo doch alles passt, fragen sich die Familie, die Freunde, was man denn eigentlich wolle? Liebe, ist meine Antwort. Ja, Corinna, es gibt sie, die wahre Liebe, die über allem anderen steht. Macht man keinen Umweg, entdeckt man nie die Dinge, die darauf warten, das Leben mit Freude zu füllen. Denke immer an die Fähigkeiten, die du hast, und zögere nicht, von ihnen Gebrauch zu machen. Meine Fähigkeit, Corinna, ist es, einen Menschen aufrichtig zu schätzen und zu lieben. Und mit diesem Menschen sollte man den Rest seines Lebens verbringen. Ich glaube, darin liegt das Geheimnis eines erfüllten Lebens: Dass wir den Weg einschlagen, den unser Herz wählt."

„Das heißt, du hast Hanna schon Monate nicht gesehen." „Ich habe es nicht gewagt, sie zu kontaktieren. Ich bin noch nicht so weit, obwohl ich spüre, dass ich keine Zeit mehr verlieren sollte. Jede Minute, die man nicht mit dem Menschen verbringt, den man liebt, ist eine verlorene Zeit. Wenn ich ehrlich bin, habe ich Angst vor ihrer Reaktion. Vielleicht hat sie mich schon längst vergessen. Ist glücklich mit einem anderen Mann. Ja, ich glaube, daran liegt es."

„Ich denke, dass eure Verbundenheit alle Krisen übersteht. Wo wohnt deine Kuschelraupe eigentlich?", wollte Corinna beiläufig wissen.

„Woher kennst du ihren Kosenamen?"

„Mama hat ein Telefonat mit angehört, da fiel die Bezeichnung."

„Ja, sie wird immer meine Kuschelraupe bleiben, egal, was geschieht. Ich habe ihr den Namen an unserem ersten gemeinsamen Wochenende gegeben."

„Woher stammt sie?", fragte Corinna abermals so unauffällig wie möglich nach. Gabriel lehnte sich auf seinem Stuhl zurück und begann in Erinnerungen zu schwelgen. Es war ihm deutlich anzusehen, er dachte an sie. Um seine Mundwinkel hatte sich ein verschmitztes Lächeln gelegt. In diesem Moment sah er unsagbar glücklich aus. Nebenbei erwähnte er ein kleines Dorf in den Bergen: Rosenhof.

Corinna hatte während des Gesprächs erkannt, dass Gabriel nicht so schnell den Mut aufbringen würde, Hanna anzurufen. Diesmal war sich Corinna absolut sicher. Keine Zweifel mehr: Sie würde Hanna aufsuchen. Sie würde die beiden zusammenbringen. Sie würde ihre Mission erfüllen.

Fünfter Teil

2015
Hanna

Hanna wohnte in einem idyllischen kleinen Städtchen am Rande eines bewaldeten Gebietes Österreichs. Corinna parkte auf dem Kirchenplatz. Sie hatte sich eine Wanderkarte der Gegend besorgt und in Erfahrung gebracht, dass Hannas Haus direkt an einem Wanderweg lag. Sie stieg aus dem Wagen und genoss vorerst die Ruhe. Ringsum Berge. Kaum Verkehr. Bewusst saugte sie die frische Luft ein. Hier, an diesem Ort, konnte man sich wohl fühlen. Eine halbe Stunde verstrich, bis Corinna endlich ihre Wanderschuhe angezogen hatte. Abermals – wie vor einer Woche bei Gabriel – übermannte sie ein mulmiges Bauchgefühl. Wieder tauchten dieselben Fragen auf. Durfte sie so ohne Vorankündigung in das Leben dieser Frau platzen? Vielleicht war Hanna mit ihrem Leben restlos zufrieden? Womöglich riss sie alte Wunden auf? Fragen über Fragen, aber Corinna setzte ihren Weg fort, einen Weg umgeben von tanzenden Bäumen. Corinna hörte sie flüstern, sie sprachen ihr Mut zu. Nach zwanzig Minuten stand sie vor Hannas Haus. Ohne zu zögern, klopfte sie an. Nichts rührte sich. Corinna wartete. Versuchte es ein zweites Mal. Schließlich vernahm sie eine Stimme. Ihr Herz klopfte wie wild. Die Tür wurde schwungvoll geöffnet und vor ihr stand die Frau, die sie von den Fotografien her kannte. Die langen Haare hatte sie zu einem Pferdeschwanz gebunden. Sie sah viel jünger aus. Nicht wie eine 50-jährige Frau, die drei erwachsene Kinder hatte. Freundlich fragte sie: „Ja, bitte? Kann ich Ihnen helfen?" Corinna schwankte ein wenig, da sie innerlich vor Aufregung bebte. Insgeheim hoffte sie, Hanna würde ihre Unruhe nicht bemerken.

Die Fremde wirkte nervös. Hanna überlegte, wer sie sein könnte. Aber so sehr sie auch grübelte, sie konnte dem Gesicht niemanden zuordnen.

Nachdem ihr die Frau stockend den Grund ihres Besuches erklärt hatte, wurde Hanna hellhörig. Die Unbekannte stammelte den Namen, den Hanna aus ihrem Gedächtnis verbannt hatte: Gabriel.

Die junge Frau stellte sich als Corinna vor. Ohne Umschweife begann sie ihre Geschichte zu erzählen: über den Fund auf dem Dachboden, die Recherchen, das Gespräch mit Gabriel.

Eines erzählte sie jedoch nicht: ihre Geschichte.

Hanna hörte aufmerksam zu. Ihr war klar, dass Corinna ein Geheimnis mit sich trug, das sie nicht offenbaren wollte, dass das Mädchen eine Enttäuschung zu verarbeiten versuchte, dass sie IHRE Geschichte dazu benutzte, um mit der eigenen Vergangenheit fertig zu werden. „Du glaubst also, Gabriel und ich hätten die wahre Liebe kennengelernt. Einerseits war es so, andererseits frage ich dich, wie ist es dann möglich, bei der erstbesten Gelegenheit, die sich bietet, bei den ersten Schwierigkeiten, die auftreten, sich einfach umzudrehen und wegzugehen? Gabriel wusste bereits nach wenigen Wochen, dies ist nicht der richtige Weg, trotzdem hatte er nicht den Mut umzukehren. Irgendwann hatte ich es begriffen und der Realität ins Auge geblickt. In meinem Herzen habe ich aber immer gespürt, dass er nicht wirklich glücklich ist und eines Tages die andere Frau verlassen wird." Man merkte Hanna deutlich an, dass sie innerlich aufgewühlt war. Sie drehte die ganze Zeit an den Ringen, die an ihren Fingern steckten. Schließlich wagte sie einen Schritt nach vorne: „Corinna, dein Engagement berührt mich sehr. Dennoch glaube ich, dass deine Beweggründe anderer Natur sind, sie dir aber vielleicht gar nicht bewusst sind. Ich möchte dich auf gar keinen Fall bedrängen, aber es wäre auch für mich wichtig zu erfahren, was du erlebt hast, welche Erfahrungen du auf Beziehungsebene gemacht hast."

Corinna zögerte. Schließlich begann sie stockend zu sprechen. Sie rang nach den richtigen Worten, überlegte, wo sie anfangen sollte. Sie mochte Hanna vom ersten Augenblick an, war bereit, ihr zu vertrauen. „Alles begann mit der Reise nach Amerika."

Sie erzählte vom Studium an der Universität Wien, von ihrem Entschluss, ein Auslandssemester in Amerika zu machen, von der Reise nach Chicago, nach Buffalo und schließlich von dem

Raubüberfall in Detroit, wo sie Zeugin des Überfalls wurde und sich in das Opfer, verliebte.

Corinna hatte das Gefühl, als würde sie nicht über sich erzählen, sondern über eine Fremde. Dennoch bereiteten ihr die Bilder, die vor ihrem geistigen Auge auftauchten, Unbehagen. Trotz der Enttäuschung und Wut (ja, sie war wütend, dass sie so naiv gewesen war und nicht erkannt hatte, was sich hinter dieser Person verbarg) spürte sie eine Art Sehnsucht. Mit einem Male wurde ihr klar, dass sie das Erlebte noch nicht verarbeitet hatte. Der Schmerz war noch allgegenwärtig, sie hatte ihn nur verdrängt. Jetzt war er wieder da. Hart. Erbarmungslos. Sie konnte die Tränen nicht mehr zurückhalten. Hanna nahm sie sacht in die Arme und strich ihr über das Haar. Da spürte Corinna, dass auch Hanna leise weinte. Zwei Frauen, die von ihrer großen Liebe so sehr getäuscht worden waren.

„Ich hasse Monty. Er hat mein Leben zerstört! Manchmal glaube ich, ich werde niemals mehr einem anderen Mann vertrauen können."

„Ganz ohne Kummer wird die Welt nie sein. Und im Ärger sagt man manchmal Dinge, die man später bereut. Nimm dir das Geschehene nicht zu sehr zu Herzen. Irgendwo gibt es einen Menschen, der dein Seelenmensch sein wird. Habe Geduld. Das musste ich auch erst lernen. Es war nicht leicht. Eine schmerzliche Erfahrung, aber am Ende war ich gestärkt. Alles Negative hat auch etwas Positives. Du musst nur versuchen, immer die helle Seite der Dinge zu betrachten. Und wenn sie keine haben, dann reibe die dunkle, bis sie glänzt. Nimm dir genügend Zeit, die helle Seite zu entdecken!"

„Alles ist wichtig nur auf Stunden,
Ärger ist Zehrer und Lebensvergifter,
Zeit ist Balsam und Friedensstifter." (Theodor Fontane)

Sie redeten noch bis in die Morgenstunden. Corinna blieb über Nacht bei Hanna. Sie fiel in einen tiefen traumlosen Schlaf. Hanna hingegen lag wach. Unruhe hatte sich in ihr Herz geschlichen. Sie wurde ein mulmiges Gefühl nicht los. Irgendwie kam es ihr vor, als würde sie Monty kennen. War das möglich?

Wenn Corinna wach wäre, würde sie darüber mit ihr sprechen und sie um ein Foto bitten. Die Stunden bis zum Morgengrauen schienen endlos. Schließlich klopfte Hanna an Corinnas Tür. Verschlafen blickte sie auf, wusste aber sofort, dass etwas nicht stimmte. Hanna berichtete ihr von der schlaflosen Nacht und ihren merkwürdigen Gedanken. Corinna holte ihr Handy hervor, ein Foto hatte sie noch. Es zeigte Monty am Swimmingpool seiner Luxusvilla. Hanna sah sich das Bild an und musste einen Aufschrei unterdrücken. Also doch, sie kannte ihn. Er war eine verflossene Liebe. Eine herbe Enttäuschung. Krank und verlogen. Hanna musste schlucken. Sie sah die Angst in Corinnas Augen. Jetzt war Hanna an der Reihe zu erzählen.

„Es ist zehn Jahre her. Bei einem Seminar lernte ich Martin kennen. Es war Liebe auf den ersten Blick. Ich war fasziniert von seiner fröhlichen, offenen Art. Erst viel zu spät wurde mir klar, dass er einfach nur ein perfekter Schauspieler war. Genau darin bestand auch seine Aufgabe bei dem Studienlehrgang zur Stressbewältigung: Er spielte den Teilnehmern einen aggressiven Mann vor. Und er spielte die Rolle mustergültig.

Bei einem gemütlichen Beisammensein am Abend packte er seine Gitarre aus und sang für uns. Nun war es endgültig um mich geschehen. Und er spürte es. Und er nutzte die Gelegenheit. Er erzählte mir von seiner unglücklichen Beziehung. Er wollte seine Partnerin verlassen und mit mir zusammen sein. Ich schwebte im siebenten Himmel, glaubte ihm jedes Wort. Nach ein paar Wochen wurde mir schmerzlich bewusst, dass er ein Lügner, ein Herzensbrecher war.

Eines Tages kam ich eine Stunde zu früh zu unserem Treffpunkt und ertappte ihn mit einer anderen Frau. Wie versteinert stand ich da. Unfähig, mich zu bewegen. Ich kann mich an diese Situation noch so gut erinnern – wie wenn es gestern gewesen wäre. Allmählich löste sich die Starre und ich lief fort. Er kam mir nach und beteuerte seine Unschuld. Es sei alles nur ein Missverständnis. Die Frau wäre nur eine gute Freundin, die seine Hilfe bräuchte. Ich war so blind vor Liebe und nahm seine Worte für bare Münze. Aber schon nach einiger Zeit erkannte ich, dass er ein Schwindler war, nur darauf aus, Frauen zu erobern, egal wie alt, egal wie sie aussahen. Es gelang ihm immer wieder, eine Art Abhängigkeitsbeziehung zu schaffen. Ich wollte die Wahrheit einfach nicht sehen, reiste ihm zu den Seminaren nach. Irgendwann einmal hieß es, er sei nach Amerika ausgewandert."

Ich fiel in ein tiefes Loch, aus dem ich nur mit Hilfe treuer Freundinnen herauskam. Gerade in der größten Verzweiflung hat man die Chance, sein wahres Selbst zu finden. Genauso wie Träume lebendig werden, wenn wir am wenigsten damit rechnen, ist es mit den Antworten auf jene Fragen, die man nicht lösen kann. Ich folgte meinem Instinkt wie einem Pfad der Hoffnung: Es wird alles wieder gut.

Man muss seine eigenen Fehler machen. Man muss stürzen, aber danach nicht liegen bleiben, sondern aufstehen. Man muss seinem Unglück die Stirn bieten und den Mut finden weiterzugehen.

In zahlreichen Gesprächen erwähnte einmal meine beste Freundin eine Weisheit aus 1001 Nacht: „Wende dich ab von den Sorgen, überlass alle Dinge dem Schicksal; freu dich des Guten, das heute dir lacht, und vergiss darüber alles Vergangene."

Das Schicksal hat auf seltsame Weise unsere Wege gekreuzt. Wie klein doch die Welt ist. Das hättest du dir wohl nicht gedacht, als du mich aufgesucht hast. Unglaublich. Einfach unglaublich. Mach aus deinem Leben etwas Unvergleichliches, Corinna! Man lebt nur einmal!" Corinna hatte sich während der Erzählung keinen Millimeter gerührt. Ungläubig starrte sie Hanna an. „Man könnte sagen, dass wir beide Glück im Unglück hatten." „Corinna, ich denke, du solltest Martin nicht ungeschoren davonkommen lassen. Was er dir angetan hat, ist kein Kavaliersdelikt mehr, keine Privatsache. Er ist ein Zuhälter und besorgt sich auf gemeine Art und Weise neue „Ware" – wie er es nennt. Er erschleicht sich das Vertrauen junger Mädchen, blendet und verführt sie. Er schafft ein Abhängigkeitsverhältnis. Sind sie erst einmal gefügig gemacht worden, hat er leichtes Spiel, seine dunklen Machenschaften zu verfolgen. Geh zur Polizei und erstatte Anzeige. Du hast genug gegen ihn in der Hand."

„Ich gebe dir Recht, Hanna, aber momentan fehlt mir noch die Kraft dazu. Du hast anfangs erwähnt, dass er krank gewesen sei. Wie meinst du das?"

„Süchtig. Er war süchtig nach Frauen, Geld und Macht. Aber das hast du ja am eigenen Leib erfahren." „Ja, das ist leider richtig. Eigenartig, seit du mir deine Geschichte erzählt hast, fühle ich als wäre eine Zentnerlast von meinen Schultern gefallen. Dessen ungeachtet muss ich deine Worte erst verarbeiten. In meinem Kopf herrscht ein Gedankenchaos. Danke, dass du deine Vergangenheit aufgerollt hast. Es ist dir sicherlich nicht leicht gefallen, darüber zu sprechen."

„Es zeigt mir aber auch, dass einen das Vergangene immer wieder einholt, erst recht, wenn man gedacht hat, es tief in eine Schublade gesteckt zu haben."

„Glaubst du, die Vergangenheit mit Gabriel wird dich auch wieder einholen?"

„Ich habe ihm einst einen Brief geschrieben, in dem stand, dass wir uns wiedersehen werden und dann für immer zusammenbleiben. Dass uns nichts und niemand mehr trennen werde. Ob es wirklich so sein wird, ich weiß es nicht."

„Wärst du bereit, dich mit ihm zu treffen?"

„Hat er dich geschickt?"

„Nein. Aber ich denke, du solltest ihm noch eine Chance geben. All die Monate hat er dich nicht vergessen. Es verging kein Tag, an dem er nicht an dich gedacht hätte. Er scheint sehr einsam zu sein. Er wirkte traurig und müde. Aber wenn wir über dich sprachen, bemerkte ich ein Blitzen in seinen Augen."

„Auch in meiner Gedankenwelt war Gabriel immer präsent. Doch ich habe gelernt, ihn loszulassen, habe seinen Weg akzeptiert. Nicht einmal, sondern mehrere Male habe ich ihm die Hand gereicht. Er konnte sich nicht zu einer klaren Entscheidung durchringen. Also bin ich gegangen und habe mein Leben neu orientiert. Wenn ich die Augen schließe, sehe ich sein Gesicht, höre ich seine Stimme. Er wird immer einen festen Platz in meinem Herzen haben. Natürlich würde ich ihn gerne wiedersehen, dennoch bin ich mir nicht im Klaren darüber, ob ich schon für ein Treffen bereit bin.

Ich brauche noch ein wenig Zeit, um nachzudenken. Türen öffnen sich, während andere sich unwiderruflich schließen, je nachdem, welche Entscheidung man trifft."

Corinna war am späten Nachmittag gefahren. Zurück blieben schier endlos scheinende Gedanken, Gedanken, die ständig um ein Thema kreisten: Gabriel. Insgeheim wünschte sich Hanna, Corinna wäre nicht gekommen, obwohl sie die junge Frau sofort gemocht hatte. Trotzdem: Die alten Wunden waren aufgerissen. Die Erinnerungen, einst fest im Herzen weggeschlossen, tauchten nun immer wieder auf, egal, was Hanna tat. Sie versuchte sich abzulenken, war ständig in Bewegung, machte dies, machte das. Aber nichts half. Schließlich sprach sie mit ihrer Schwester über das Geschehene. Mona war zuerst sprachlos. Auch sie wusste nicht wirklich einen Rat, stellte nur fest, dass das Schicksal oft verschlungene Wege gehe. Damit war Hanna auch nicht geholfen. Ihr war klar: Sie musste eine Entscheidung treffen, sonst würden sie die Gedanken nicht mehr loslassen. Und was dies hieß, daran konnte sie sich nur zu gut erinnern: Verdrängen funktionierte nur eine gewisse Zeit, dann musste man sich seinen Problemen stellen.

Nach einem ausgedehnten Waldspaziergang beschloss sie, Gabriel wiederzusehen. Kurzerhand nahm sie ihr Handy heraus und begann zu tippen: *Mein lieber Kuschelbär* (Löschung) *Lieber Kuschelbär* (Löschung) *Hallo Kb! Ich hatte gestern einen interessanten Besuch* (Löschung) *Hallo Kb! Ich würde mich gerne mit dir treffen.*

Ihre Hände waren schweißnass und zitterten, als sie auf *senden* drückte. Nun war nichts mehr rückgängig zu machen. Die SMS erreichte soeben den Empfänger. Wie würde er reagieren? Ließ er sie warten? Wusste er, dass Corinna dahintersteckte?

Während Hanna überlegte, ertönte bereits das Signal: eine SMS. Mit Herzklopfen begann Hanna zu lesen: *Meine liebe Kuschelraupe! (Wenn ich dich überhaupt noch so nennen darf?) Du hast mir so schrecklich gefehlt. Ich kann es kaum erwarten, dich in die Arme zu nehmen. Zu viel Zeit ist verstrichen, eine Zeit, die für uns bestimmt gewesen wäre. Jeder Tag war für mich ein leerer Raum. Die Gestaltung ist zwar uns überlassen, doch zu oft sind die Möbel bereits vorbestimmt. Und anstatt zu entrümpeln, lässt man die Möbel aus Bequemlichkeit dort, wo sie sind. Dies wurde mir schmerzlich bewusst. Liebe dich über alles. Dicker, inniger Kuss. Wann ergötzt du mich mit deinem Anblick?*

Hanna bemerkte erst jetzt, dass sie weinte. Gerührt von seinen Worten antwortete sie: *Ich habe dich auch so sehr vermisst, mein kleiner Philosoph, mein großer Literat. Nächsten Mittwoch, vor unserem Café.*

Als wären all die Monate niemals gewesen. Sofort war diese Vertrautheit wieder da. Seine Redewendungen, seine kunstvolle Art zu schreiben, ihr zu sagen: Ich liebe dich. Daran hatte sich nichts geändert.

Sie saß auf dem Waldboden. Die Arme um ihre Knie geschlungen. Den Kopf gesenkt. Die Augen geschlossen. Sie träumte. Sie träumte vom Wiedersehen mit ihrem Kuschelbären. Aber auch Bilder von Verrat tauchten ungewollt, aber immer intensiver auf. Sie wusste, dass es niemals mehr so sein konnte wie vorher. Sie führte jetzt ein gut geregeltes Leben. Sie erkannte, es gab nicht nur verschiedene Formen von Liebe, sondern auch verschiedene Arten von Glück. Und Hanna hatte sich mühevoll mit Hilfe ihrer Familie eine Form von Glück zurückgeholt.

Die Tage bis zum Treffen vergingen wie im Flug. Ein besonderes Wiedersehen. Aber welcher Art? Was wollte sie eigentlich mit diesem Treffen bezwecken. Als sie in sich hineinhörte, erkannte sie, dass es Zeit war, endgültig abzuschließen und es ihr nur gelingen konnte, wenn sie ihm noch einmal gegenüberstand.

Endlich war es so weit. Sie wollte pünktlich sein, aber auch nicht zu pünktlich. Die Haare mussten noch in Form gebracht werden. Aber heute schien das nicht zu klappen. Hanna war unzufrieden. Locken? Glätten? Pferdeschwanz? Zopf? Schließlich band sie sich die Haare zu einem natürlichen Knoten zusammen. Sie war aufgeregt.

Er stand schon vor dem Café. Ihr Herz klopfte so laut, dass sie Angst hatte, jeder auf der Straße könnte es hören. Lächelnd hob er die Hand und winkte. Hanna blieb wie angewurzelt stehen. Unfähig, einen Schritt vor den anderen zu setzen. Unfähig zu handeln.

Ich möchte ihn ganz fest umarmen. Aber ich bin unsicher.
Ich möchte ihn berühren. Aber ich bin unsicher.
Ich möchte ihm vieles sagen. Aber ich kann nicht.

Er kam auf sie zu. Langsam. Vorsichtig. Es schien, als hätte er Angst, sie zu erschrecken. Er streckte die Hand nach ihr aus. Nur noch wenige Zentimeter. Er sah ihren traurigen Blick. Er sah das Zögern in ihren Augen. Er blieb stehen. Wagte sie nicht zu berühren.

Hanna drehte sich um und lief, lief, lief, … Sie wollte nicht, dass er die Tränen sah.

Erst in der nächsten Straße hielt sie an. Schluchzend sank sie auf die Knie. Sie war noch nicht so weit. Sie konnte es nicht beenden.

Am Abend schrieb Hanna Gabriel eine SMS:

‚Manchmal ist das Leben wie eine Zugfahrt: Du schaust aus dem Fenster, möchtest den Duft der Wälder aufnehmen, die Blumen pflücken, die an dir vorbeifliegen. Doch du sitzt im Zug.
Wenn du so fühlst, solltest du an der nächsten Haltestelle aussteigen, auch wenn deine Fahrkarte auf ein anderes Ziel lautet. (Kristiane Allert-Wybranietz)
Du bist ausgestiegen. An der richtigen Haltestelle. Nur war ich nicht bereit, dich mit deinem Gepäck vom Bahnsteig abzuholen. Deine Kuschelraupe.‘

Danksagung

Wir danken dem Team des Novum Verlages für die kompetente Beratung und Unterstützung im Zuge der Erstellung unseres ersten Romans.

Besonderer Dank geht auch an unsere Familien und unsere Freunde, die uns zu einem Zeitpunkt angespornt haben, als wir nicht wussten, ob wir dieses Buch überhaupt schreiben können.

Aber vor allem danken wir auch unserer Kollegin Katharina Kölbl, die die Schülerinnen der Klasse 4G des BG/BRG Lilienfeld bei der Anfertigung der Zeichnungen professionell unterstützt hat.

Fortesa Cekay

Nicole Großmann

Hanna Schedelmayer

Hannah Burmetler

Katharina Weiss

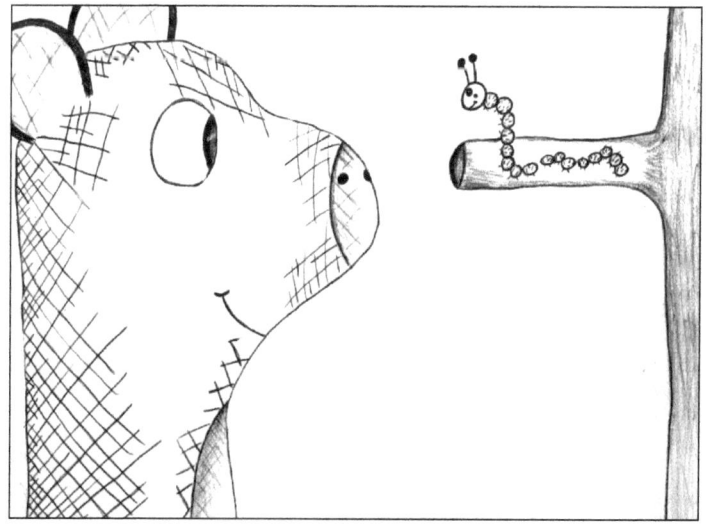

Sarah Gramm

Ronja Hasler

Valerie Zeller

Lina Steinperl

novum VERLAG FÜR NEUAUTOREN

Bewerten Sie dieses Buch auf unserer Homepage!

www.novumverlag.com

Die Autoren

Gabriele Aichberger, Jahrgang 1964, ist Lehrerin und unterrichtet Deutsch und Geschichte. Sie lebt mit ihrer Familie in Lilienfeld, Österreich. Schon länger reifte in ihr der Wunsch, einen Roman zu schreiben, und in Zusammenarbeit mit ihrem Kollegen Peter Kurzmann entstand ihr Erstlingswerk „Er nannte sie Kuschelraupe". Neben dem Schreiben und der Musik macht sie gerne Sport (Fitness, Wandern, Radfahren, Skifahren, Schwimmen).

Peter Kurzmann wurde 1984 geboren, lebt in St. Pölten und ist Lehrer für Deutsch, Geographie und Wirtschaftskunde. Ebenso wie für Gabriele Aichberger ist „Er nannte sie Kuschelraupe" sein erstes Buch. Er interessiert sich für Tennis, Lesen, Skifahren und geht gerne in der Natur spazieren.

novum VERLAG FÜR NEUAUTOREN

Der Verlag

> *Wer aufhört besser zu werden, hat aufgehört gut zu sein!*

Basierend auf diesem Motto ist es dem novum Verlag ein Anliegen neue Manuskripte aufzuspüren, zu veröffentlichen und deren Autoren langfristig zu fördern. Mittlerweile gilt der 1997 gegründete und mehrfach prämierte Verlag als Spezialist für Neuautoren in Deutschland, Österreich und der Schweiz.

Für jedes neue Manuskript wird innerhalb weniger Wochen eine kostenfreie, unverbindliche Lektorats-Prüfung erstellt.

Weitere Informationen zum Verlag und seinen Büchern finden Sie im Internet unter:

www.novumverlag.com